临河呓语

姚中彬 著

四川人民出版社

图书在版编目（CIP）数据

临河呓语 / 姚中彬著. — 成都：四川人民出版社，2024. 10. — ISBN 978-7-220-13831-7

Ⅰ. I267

中国国家版本馆CIP数据核字第20248ZN318号

L I N H E Y I Y U

临河呓语

姚中彬　著

出 版 人	黄立新
策划统筹	石　龙
责任编辑	彭　炜
装帧设计	李其飞
封面题字	高文新
责任印制	祝　健
出版发行	四川人民出版社（成都市三色路238号）
网　　址	http：//www.scpph.com
E-mail	scrmcbs@sina.com
新浪微博	@四川人民出版社
微信公众号	四川人民出版社
发行部业务电话	（028）86259624　86259453
防盗版举报电话	（028）86259624
照　　排	四川最近文化传播有限公司
印　　刷	成都兴怡包装装潢有限公司
成品尺寸	125mm × 185mm
印　　张	8.25
字　　数	165千
版　　次	2024年10月第1版
印　　次	2024年10月第1次印刷
书　　号	ISBN 978-7-220-13831-7
定　　价	58.00元

Monologues D'outre-Rivière

——Zhongbin YAO

目 录
CONTENT

序

最真实的生活在回忆里

路文彬

同姚中彬结识是缘于我动议设立的梁晓声青年文学奖，他寄来了自己的长篇小说《左岸右盼》参评。经过层层遴选，这部作品最终在数百部长篇小说中脱颖而出，位居候选榜单之首。然而，由于这是梁晓声青年文学奖的首届，又由于长篇小说寄寓着人们最大程度的期待，所以终审评委会全体成员对其慎之又慎，一致提出了更为严格的要求。于是，《左岸右盼》与首届梁晓声青年文学奖遗憾错过，另一个遗憾则是首届梁晓声青年文学奖中的长篇小说一项因此成了空缺。

但，遗憾虽归遗憾，它同时亦提示了对完美的努力。作者们在努力写出好作品，评委们在努力发现好作品。况且，写作终究不是为了获奖，写作就是为了写作，为了写出更好的作品。这样想来，似乎也就没有什么好遗憾的，相反，我们倒是从中有了别样的收获。后来，和姚中彬做进一步交流时，我发现我们对此的认识完全无异。他甚至有些后悔自己当初的参评，以为自己的写作动机还不够纯粹。

其实，后悔是大可不必的，被认可和被接受本就是每一个写作者最朴素的期待。重要的是，我们应当在这一过程中逐渐深入领会写作的真谛，以保证自己始终不会偏离写作的真谛。也正是基于此，我在许多年前就写过一篇短文，名为《由一届失误的龚古尔文学奖所想到的》，意在借此警醒我们今天的文学评奖已然背离了写作的真谛。所以，在设立梁晓声青年文学奖之初，我就有了一个格外明确的想法：不重有名重无名。

文学奖项不该是锦上添花，而应是雪中送炭。哪怕那些无名者的作品尚显稚嫩，把奖项颁给他们也要比颁给有名者的普通作品的意义大得多。评奖作为一种奖励，唯有能够体现出公正、同情和关怀，而非慕名、讨好和媚俗，它方才不至于堕落为压迫性的暴力。梁晓声青年文学奖的权威性不倚靠那些炙手可热的名流来支撑，能够坚持公正、同情和关怀的初衷便已足矣。就此说来，姚中彬的《左岸右盼》尽管未能获奖，其意义仍不低于获奖本身，仍属于一次美好的相互成全。

我相信在《左岸右盼》之后，姚中彬还会有更值得关注的作品问世。结果没过多久，他便通过微信发来一部即将付梓的随笔书稿，问我可否为这部题为《临河呓语》的集子作序。在初步浏览完全部书稿之后，我欣然同意。必须承认，这些回忆性的文字颇能打动我，并一次次触发了我的回忆机制。

说起回忆，不能不提及河流。在我看来，回忆是时间之河的流淌，所有回忆者都是这条河流的聆听者。故而在一开篇，姚中彬便毫不例外地写到了河流："2022年夏天，我搬到了城外一处安静的角落，家门口有条河，算市井外的一番小天地。从此，无论清晨还是黄昏，黑夜还是黎明，我总不自觉地在河边驻足良久，望着这片河发呆，仿佛与这条河做着交谈，也仿佛是暂时游离于柴米油盐的现实之外。”恰是与河流的此种互动召唤出了姚中彬的这些文字，他称其为“呓语”。

呓语就是梦话，不在乎逻辑，没有清晰的所指，但却是蕴含着强劲情感冲动的真实语言。它是回忆的专用语言，引领着回忆者走向归途，并一路帮助回忆者复原那熟悉的风景和人物。呓语不需要听者，因为它不是对话，呓语者自身便是听者。或者说，呓语者从来就不是为了说，而仅仅是为了听，听其自我内心深处的回声。再或者说，呓语其实正是源自回忆者内心深处的回声。那么，这何尝又不是写作者的语言？写作不就是作家们在白日梦里的呓语吗？可见，呓语也是真正的文学语言。

在姚中彬的呓语里，我看到的是一个回忆者的姿态，一个梦游者的姿态。他忘我地寻找着自我，在河畔，在山脚，在老宅……所有关于往事的记忆皆在这里酣眠。此时的姚中彬彻底停了下来，毅然与当下告别，义无反顾地转过身去。这个决绝的背影仿佛某种宣言，他要回到生活那里去。可是，生活难道不在当下这里吗？姚中彬的回答是不，丝毫没有犹豫。在他这里，当下不曾存在，生活不可能在此扎根。真实的生活只能存留在过去。有鉴于此，回忆才是向真实的生活无限贴近。委实，顺乎姚中彬回忆的方向，我又看到了一种力量，一种热爱生活的力量。特别是在看到他多次写到水仙，我更加确证了他之于生活的热爱有多么真诚。

因为李渔，我在水仙身上领悟了生命和爱的关系。犹记他的《水仙》一文，其中这样写道："水仙一花，予之命也。予有四命，各司一时：春以水仙、兰花为命；夏以莲为命；秋以秋海棠为命；冬以蜡梅为命。无此四花，是无命也。一季缺予一花，是夺予一季之命也。水仙以秣陵为最，予之家于秣陵，非家秣陵，家于水仙之乡也。记丙午之春，先以度岁无资，衣囊质尽，迨水仙开时，则为强弩之末，索一钱不得矣。欲购无资，家人曰：‘请已之。一年不看此花，亦非怪事。’予曰：‘汝欲夺吾命乎？宁短一岁之寿，勿减一岁之花。且予自他乡冒雪而归，就水仙也。不看水仙，是何异于不反金陵，仍在他乡卒岁乎？’家人不能止，听予质簪珥购之。”

“宁短一岁之寿，勿减一岁之花”的李渔令我戚然，缺失了爱与趣味的生活还能有什么意义呢？生命的自由本质岂不就寓于这样的爱与趣味里？再看姚中彬对水仙的赞美：“没有妖艳炫目，没有香气袭人，一丝高冷，是不媚俗，一缕淡香，是不张扬。端庄优雅，素净可人，淡泊志远，水仙之美，存在数日，便独自凋零。那一丝若隐若现的芬芳馥郁，仿若眼前的雾，缠绕升腾在记忆深处。”其句句犹如李渔话语的回声，字字恰似生命爱的告白。是的，生命可以逝去，其美却永不凋零，而回忆无疑是对生命之美的礼赞和感激。

耐人寻味的是，在古希腊神话里，水仙意味着美少年纳喀索斯的自恋，而在它辗转来到中国之后，却由单纯的美转化为了爱。姚中彬说，他一直在试图找寻水仙的花语。不知他最后找到了没有。此时此刻，我倒分明听见了水仙在说：回忆是爱。

2024. 1. 16 威海海宴台

第一章

临河呓语

暗流涌动的河，
欲言，又止。

一

去年七月搬到了新的住所，门口有一条河。

从此与这条河朝夕相处。

开心的时候来到河边，河水不动声色，水面平静深邃，泛着零星的光芒，许久，才微微荡漾出波澜，或是作为对我的回应，仿佛是展露岁月的皱褶，透出生命的厚重和喜悦。

难过的时候来到河边，河水无言，无声的陪伴胜过一切。宽阔的水面囊括了所有的乌云，阴霾慢慢在水里沉淀、过滤，阴郁的色彩透着幽幽的蓝，心在柔软的水里沉静，压抑沉重的情绪渐渐被水消融，深不见底的河床，仿佛能承纳所有的悲伤。释怀的瞬间，河面泛起一丝涟漪，那是浅然一笑。

愤怒的时候来到河边，河的沉默也被风搅乱，狂躁的风失去理智，释放着无尽的暴力，不分方向地发泄，岸边的柳枝狂飙乱舞，河面的浪花激荡开，跟着风的方向胡乱翻滚，河里的杂物和杂质却借机获得了淘洗。许久，风平，浪亦静。

清晨时分站立河边，太阳从远处升起，彻夜的暗流涌动之后，河水焕然一新，河面升腾着薄薄的雾气，是元气的释放，是对太阳的致敬。野鸭泛起波纹，一个猛子扎进水里觅食，白鹭缓缓飞行，留下美丽的身影，柳枝含笑频频，与河点头致意。

日落时分站立河边，太阳缓缓西沉，天际壮阔，云彩绚丽多姿，河面波澜不惊，映衬天色绝美。水面掠过两只翠鸟，嬉戏一番后驻足树枝，仿佛一起欣赏美景，却不知它们构成了美景的一部分。夕照映照河面，微光渐淡，太阳不知坠入了云，还是沉入了河。

下雨的时刻站在河边，感受雨水冰凉的触摸。天是灰暗无际的，水是暗淡无光的，丝雨仿佛成了天地间的使者，传递着冰凉而有温度的暗语，天与地这一刻被雨连成一体，河代表大地，承接了所有天的馈赠。雨在河面激起无数个水花，是天在河面作画，不紧不慢地勾勒出此起彼伏的轮廓，无穷无尽地渲染出难以捉摸的情绪，用心良苦地描绘出深邃悠远的意境。

飘雪的时分站在河边，在寒冷中，格外平静，思想如同此刻天地的肃穆，天与地达成了一致，默默注视着遍地枯萎，万物凋零。所有的生动美好已成往事，此刻飘下的是凝固的记忆。雪花悄无声息地落入水面，成为河的一部分，枯萎的芦苇倔强地陪伴着河，忍受着鸦雀无声的周遭，沉寂的寒冬里，河面用安静映衬了雪花孤单却快乐的飞舞。

天放晴后站在河边，河水清澈，心也明净起来。晴空下的河面仿佛隐匿了自我，只为映射万物，河边是树的倒影，河中央是云的演绎，近处是碧波荡漾，远处泛着太阳的光芒。岸边的朴树吐出新芽，晴空下绿得格外生动，鱼群慢悠悠地游过，四处觅食。

刮风的时候站在河边，河水微澜。风起的时候，柳树是第一个响应的，风柔的时候柳枝翩翩起舞，风急的时候柳枝就乱了舞步。浪是河水对风的响应，无风不起浪，河对风的推波助澜司空见惯。暖风会融化河面的冰，拂动河面温柔地绽放。寒风会荡涤浑浊的杂质，最后结了冰，这是河面的彻底缄默。

它停止了对风的回应，销声匿迹，与世隔绝。

二

春天立于河畔，初暖乍寒，丝丝冷风刮起河面的粼纹。

干枯的植物熬过漫长的冬，生的渴望从未停止，柳枝冒出暗绿的芽，孱弱的迎春花零星地开着，一场生机盎然的庆典正在酝酿。

河却沉默寡言，平静如常。天高，云淡，风轻，河水充盈。

太阳越升越高，暖意遍布乡野，春光照耀大地，抚慰生灵。河水终于被打动，顿时透彻明亮起来，野鸭抖动翅膀飞过，溅起一摊水花，几只麻雀上下扑腾，河面闪过它们瘦削的身影。河滩长出马兰，它们毫不起眼，嫩芽灰绿素朴，如农家姑娘的明眸皓齿。

春雨温润如玉，不紧不慢地落下，河起初是木讷的回应，点点水花，绽开又平复，雨花渐渐大胆起来，绵绵不绝地落入河的怀抱，河开始迷恋起缠绵，涟漪忘情地荡漾开来，日夜不分离。

几场春雨后，植物吸收了自然的精华，开始疯涨，满目都是明亮的绿，桃花绽放出明艳的红，梨树盛放出皓洁的白，柳叶随风摇摆，柔软的身影投在写满爱意的河。

夏天来到河边，空气里涌动着莫名的躁动。太阳精力旺盛起来，照在河面的光格外耀眼，云如飘移的棉花团，在河的眸子里游弋，浮光掠影如循环播放的旧电影。

河周边的花早已凋零，平日沉闷的那株紫薇却开始绽放，河远观着绚烂的夏花，暖风一吹，河泛起炽热的波浪。野菱蔓延在河面，浮在水面的叶子间开出素白的花，鹘鹈扎着猛子，逮住小鱼后吃得津津有味。白鹭在河边顾影自怜良久，最终徐徐飞向远方。

太阳西沉的时候，河倒映出晚霞的绚烂，河的眼里满是欣赏和眷恋，河与遥远的霞光厮守，相伴到天黑，厮守到永恒。

入夜后，河边蛙声一片，知了此起彼伏，天空上的星光在河面闪耀，若隐若现。

雨来临之前，天暗如夜，轰隆隆的滚雷打破沉闷，亮如白昼的闪电击穿矜持，夏雨是天炽烈直白的表达，雨水通透畅快地浇灌大地，在河面奏起惊心动魄的交响曲。河面噼里啪啦地打起拍子，水花翩然起舞，甘霖浇灭一切干涸与燥热，是场彻底的慰藉。

夏末，太阳开始过度迷恋权力，骄阳失控地炙烤大地，河用沉默做着抗争，水停止流动，死气沉沉的河面不再有飞鸟的身影，水下的杂草盘根错节，直至发出恶臭。

终于等来断断续续的几场雨，高温的煎熬被消融，生灵的苦痛被冲淡。河的情绪平静了些许。

入秋之后来到河边，气温随阵阵雨水凉下来，秋雨绵绵不绝，河领教过热情过度的危险，不再有迷恋和幻觉，不再眷恋虚假的情义，任由雨漫天飘下，只是无声地吸纳，仿佛要把这灰蒙蒙的一张网吸纳消融。

天晴之后，空气爽快起来，所有不好的回忆都在淡淡的云朵里藏匿。天高远辽阔，心明净如河水。秋日的阳光不再炙热，回归到平易近人，淡淡地洒在河面，风一起，河也泛起阵阵微波。

气温不断降低，清晨的河面雾气升腾，远处，田野同样飘逸着一层薄雾，远处响起布谷鸟的啼鸣，树叶上的露水干涸后，树叶悄然变黄，从一片叶子到满树金黄，河见证了树的演变。

黄昏，日光在云层间散发出多彩的光，傍晚的风徐徐起，河再次为之动容，眷恋起黑夜降临前的告别，此刻河敞开心扉，所有的感动和精彩都在波光粼粼里被渲染。

深秋，河愈发沉静，蝉鸣越来越寂寥，白鹭的身影愈加孤单凄美。

冬天立于河旁，气温越来越低，寒气浓郁而潮湿，太阳的暖光成了万物的依靠。天地不约而同地安静下来，太阳慢慢升腾，河面泛着柔弱的光。四季轮回后，荣枯交替后，所有的情绪都沉沦到河底，河与自己达成了和解。

河观望一切，河沉默不语，河波澜不惊。

河望着天边渐飞渐远的大雁，目光里是不舍。

河望着落叶纷纷，满是留恋。

河望着垂死的芦苇，闪起泪光。

沉寂的冬日，阴霾的天空突然飘起了雪，这是天和地的告别。河早就接受了命运的安排，雪花飞舞着，带着最后一丝体面和优雅坠入河，以凄美绝伦的身姿坠入河，坠入记忆的河，归入河的记忆。

万物沉寂的那一刻，河面结了冰，河打算沉睡过去，不再醒来。

一切初见时的喜悦，所有的阴晴冷暖，是非对错，爱恨离别，四季轮回的记忆瞬间冰封起来。

远处，一只落魄的乌鸦站在大雪覆盖的枝头，仿佛一尊雕塑。

三

记忆深处有条河，在老房子后面。

河连接东西村两头的港，长两三公里，宽不过十米，对面是农田。老房子所在的宅基地无从考证，据说是一百多年前，祖母的祖母那辈，挑着箩筐逃荒，来到这片长江的滩涂，附近的村落统称“下滩”，从“小墩子”这个地名可知一二，大约是滩涂中隆起来的地方，祖辈便在此落脚垦荒定居，繁衍后代。最初是土块堆的茅草屋，在我的印象里已是黑砖瓦房了。一到下雨天，屋顶四处开花，家里摆满了接水的容器，滴滴答答彻夜不绝。

20世纪80年代末，家里盖了楼房，东侧是竹林，西侧是邻居，房子南面五十米是港，北面出了院子再经过菜田，便是这条河。1990年之前，家里喝的水都是从河里挑上来的，那时家家户户的厨房里都有个大水缸，用来盛水。这条河一边是坝头，滋养村民；一边是田岸，灌溉农作物。

清晨，太阳从东边升起，河面升腾着薄雾。坝头上响起妇女的棒槌起起落落的捶击声，远处传来此起彼伏的鸡鸣和零零碎碎的狗吠，所有的声响混杂在一起透着忙碌，和谐共生。

黄昏，太阳从西边下山，河面笼罩一层雾霭。坝头上的男人掬起一捧水，洗去一脸疲惫，吹着口哨转身离去。

春季到来，河面的冰一融化，鸭子便成群结队游来游去，四处觅食。雨后，岸边的桃花笑靥动人，紧接着一夜之间梨花怒放，翠鸟四处起伏忙碌，坝头下的木桩满是青苔，手一捋，就是一把肥硕的螺蛳，稍一加工，便有了盘中美味。雨后也正是竹笋疯长的时候，这时田间割来一把韭菜，无论是搭配螺蛳肉，还是竹笋，均为时令佳肴。

春夏之交，栀子花成片地开了，本是平凡不过的颜色，青白相间，却落落大方，香气饱满浓郁，令人心动。这个时间，也是茭笋（野生茭白）成熟的季节，正如北方人钟爱香椿，茭笋是江南水乡的时鲜。

几阵雷雨过后，天就热了起来。一早一晚，河边是三三两两的垂钓者，村里无论大人小孩，都有自己的钓具，无一例外是砍下竹子，加上集市买来的线和钩子制作而成，诱饵或是面团，或是挖来的细红蚯蚓。钓上来几条鲫鱼、餐条或是昂公鱼，配上点青椒毛豆子，便是当晚的下酒好菜。

午后最热的时候，村民陆陆续续地下河游泳。孩童们晒得黝黑，不厌其烦地比着扎猛子和水下憋气的时长。为了防止小孩独自游泳而溺亡，大人的说辞是河里有水鬼，毛猴子一样，见人就拉下去。孩童时代，我对此深信不疑。况且村西头的老奶奶，据说就是被拉下去淹死的，这自然无从考证。小时候我独自一人在河边的时候，常不寒而栗，拔脚就跑。

几场暴雨后，到了夏末，菱角疯长起来，村民会放下大木盆，捞起长熟的菱角，嫩的丢给小孩生吃，甜爽可口，老的煮熟当零食或烹饪用，菱肉丝瓜没话说，菱肉烧鸡块是绝配，菱肉膩头汤（放韭菜、丝瓜、毛豆子、螺蛳肉，生粉勾芡）更是一绝。每年夏天，邻居大伯从河里和周围的港里钓螃蟹。那时的蟹不壮，有时甚至瘦得涩嘴，也卖不出价钱，从夏天忙碌到秋天，勉强换点柴米油盐。

秋的到来往往不动声色，河里不再有人嬉水打闹，对岸的稻穗不经意间弯下了腰，变得锈黄深沉。河边的橘子树长出大大小小的青皮橘子，看着就酸涩。秋雨绵绵的时候，河虚怀若谷，接受着大自然的倾诉。气温骤降后，大清早的河边满是白霜，雾气笼罩的河面缥缈仙逸，每到雾散去，太阳升起，河仿佛完成了净化，从仙境下落凡间，又满是人间烟火气。

冬天的河有点沉闷，西北风几次三番地刮，河边的一排老树叶子掉个精光，家禽也不出来游水捕食。坝头上除了来取水洗衣的，没人钓鱼，这倒也是鱼长膘的季节。越到年底，村里人碰头越是频繁，大家开始商量何时蒸馒头、杀猪、打沟。这些重要事项，不光要凑大伙有空，还要翻老皇历。打沟又叫叉沟，就是把河水抽干，一是捞鱼，二是清淤。平日里可能为鸡毛蒜皮的事生气的村民，在打沟的时候是空前团结的，男人在河里捞鱼，女人和孩子在岸上观望，河里面的男人争先恐后、身先士卒，河岸的妇童气氛热烈、情绪高涨，大家不断为摸到大鱼欢呼喝彩，欢声笑语里透着丰收的喜悦。忙碌了一整天，晚上分配的时候，没人嘟囔你多我少，皆大欢喜地领鱼回家，吃不完的腌制晾晒起来，过年慢慢招待亲朋好友。

腊月里，最冷的时候天会飘起雪，河面无言地接受，慢慢地河结起了薄冰，仿佛是将所有的记忆封存。厚厚的积雪里，河边一株黄灿灿的蜡梅，浓馥的香气透过冰寒地冻，傲气凌人，仿佛为河守候。

许多年过去了。记忆里的那条河，或是干涸了，如记忆；或是坍塌了，如老宅；或是荒弃了，如青春。

抑或永远消失了，如村庄。

去年夏天，我又重新住到了河边。

这是一条陌生的河。

我对它笑的时候，它荡起伪善的纹；对它愤怒的时候，它翻起无情的浪；对它凝视的时候，它冷若冰霜；对它思绪万千的时候，它波澜四起，滔滔不绝。白天它的倒影有灼热的太阳，黑夜它的倒影是清高的月亮。

无论雪雨晴风，春夏秋冬，我总在河边驻足，四处张望，晨昏颠倒，四季不分。

去年腊月，飘雪的那几天，我在河边小心翼翼地种了一株蜡梅。

四

旧岁的时辰所剩无几，新的数字似乎给人们无限期待，但数字只是可有可无的记号，纯粹为满足人们的自我暗示——时间没有刻度，正如天色的变幻，夕阳坠落之前，天色是黯淡模糊的，黄昏时分却有了些许色彩。时间是画笔，在河面深深浅浅勾勒出村野，在树梢涂抹些氤氲，慢慢地涂，又缓缓地擦拭，最终黑乎乎一片。

河水不语，却倒映了世事变幻，虚晃不断的繁荣天色，寒气逼人的惨淡光景，喧嚣聒噪的市井，高深莫测的庙堂。

时间是白纸，四季轮回，昼夜更替，阴晴冷暖，万物荣枯，悲欢离合，任由书写。

五

春寒料峭的夜，又来到河边。粼粼波光泛着一丝诡秘的光亮，明暗交替如心语，名利道场在晦涩难懂的夜里消融，喧嚣的江湖在水影里依稀闪烁。灯光暗淡，天色深黑忧郁，彼岸的幽黑在水影里泛出恐怖的深邃。凉风吹出一丝捉摸不透的细雨，远处的乌鸦一声疲惫的啼鸣，仿佛要穿透阴森漫长的夜。

六

风波之于水是荡涤，风浪之于河是洗礼。河之所以源远流长，必是心定而充盈，志高且道远，历经千险万阻，开疆辟土，大浪淘沙，潺潺而流，绝非退而随波逐流，泯然于世。

风萧而水寒，凛冽透彻，浪急且水湍，去浊为清。河凭风而淡定，冷暖却自知。

待到风静浪止，风和煦而日明丽，必是一池春水，莺歌燕舞碧柳垂。

七

夜色未褪，月亮还在，暗蓝的天幕笼罩大地，此刻，河散发着莫名的强大气场，一只白鹭滑翔而过，更凸显这种清幽、孤远。

在黑暗笼罩的夜晚，远空的月亮是长夜的一盏明灯，水中的月亮，则是黑暗里通向光明的门，晨曦越亮，河里的月亮越淡。最终，河吸纳了这个虚幻的期盼。

天亮了，水里垂柳的倒影开始摇摆。岸边，严寒里枯死的芦苇正在重生。

大多数时候，河的寡言，正如人间清欢。

八

夜已深。乌鸦叫唤着一闪而过，青蛙上气不接下气仿佛奄奄一息。所有的生物都在岁月交替的时候努力求着生存。

风欲止却作浪，暮光暗淡却通透，一切各得其所。

河默默无语，笑看人间悲喜，世态万千。

九

天阴沉得很快，几声响雷后，一只落单的白鹭贴着河面惊慌飞过，噼里啪啦地，暴雨迫不及待地倾注而下，河像是听着天的哭诉，平静的外表下暗流涌动。风刮掉植物枯旧的枯叶，落叶狼狈地浮在河面，仿佛树的凌乱记忆。狂风甚至凌厉地刮断一棵柳树，昔日曼妙的垂柳轰然倒地的刹那，畅快淋漓的雨在河面激起了阵阵浪花，仿佛引出一段混沌的往事。

天慢慢黑了，沉闷的雷声轰鸣而来，忽远忽近。

十

微风和畅，百鸟争鸣，黎明已至，曙光散尽，没有刺眼的光，浅暗的天浮过深灰的云，若有若无的雨滴落下来，清凉又神秘，深黑的树长出灰绿的枝叶，河水倒映着所有的融洽，一切的缘融进荡漾的碧波，河远望着天，深沉得超乎想象，天笼罩着河，静默得甚至可怕，沉默是彼此最好的表达，默契且沉醉。

十一

兜兜转转，又来到了河边。

天空布满了阴霾，风停止了躁动，多了几分和煦，昏暗交替的夜色里，百鸟归于沉寂，青蛙不知疲倦地叫唤，树似乎看透了人间万象，懒得表明立场，它们永远沉默下去，倒影却在河里显得诡秘，茫茫黑夜，有多少花绽放的身影，又有多少花坠落的声息。

树欲静而风不止，风已起而云未舒，漫天的阴霾一直在，云雀毫不在意风的无奈，三两只上蹿下俯，一只清瘦的白鹭缓缓飞过清风，展翅间满是孤傲，蛙鸣和雀噪此起彼伏，布谷鸟的声音穿透田野。

唯有河似乎读懂了春的感伤，粼粼的波光是绵绵的慰藉，温柔的微澜是耳畔的呓语，荡涤的河水洗去他日的疲惫和哀伤。

这种温存被读懂的瞬间，天落起了雨，冰凉里竟透着暖意，如同泪水里含着幸福的笑。

十二

天空布满乌云，极其慢地飘移着，如同挥之不去的心事，唯有河能读懂此般深沉，执着的默念，陪伴才是最真的告白。树繁密，花自在，河是最好的镜子，映出初夏的孤芳自赏，春末的顾影自怜。自天而降的雨，在河面激起层层涟漪，天地呼应的瞬间，空气里弥漫着莫名的花香，河面空灵透彻起来。

十三

几场充沛的雨水后，空气潮湿，凉风四起，不经意间看到河边的栀子花盛开了，叶片厚实而浓密，旧叶绿得深沉浓郁，新叶绿得娇翠油亮。起初枝头长出很多个花骨朵儿，它们穿着翠绿的贝壳纹外衣，几天后肉鼓鼓的花苞陆续螺旋着展开，素白的花瓣如朴素宽厚的农家少女，迫切地绽放是对盛夏般热恋的渴望，一丝胆怯羞涩是在万紫千红的季节里的自省和自律。栀子花的香气，浓得馨甜奔放，却又清幽婉转，神秘难寻，使人不得不屏气凝神凑近，放下万般杂念，寻得它的芳香。

十四

夜色幽暗，黑的底色里掺杂通透的灰蓝，星月不见踪影，河面映着夜难以捉摸的表情，晚风吹起浪，沉默已久的河舒展面容，荡漾的表情里却是永恒的深沉，浪是无数个静止的片段，凝固的瞬间是河的执念。

无边的夜色里，植物暗自生长，河水消融所有的喜与悲，浪传达着夜的暗语，不知疲倦。万千情绪，弥漫在欲言又止的风里。

十五

风刮了整夜，雨下了整天，风雨荡涤过的天地，格外明澈。空气清冽，风平浪静，栀子花暗香浮动，夏虫嘁嘁喳喳，听够了风的怨言，受够了浪的翻腾，大雨消停的时候，河终于恢复了往日的平静，淡泊，从容，虚无。它心无旁骛，虚怀若谷，它纯净得像面镜子，照着黯然无光的天，映着漆黑一片的地。它与天地同色，阴晴不定，昼夜共辉，冷暖自知。它把黯然伤魂留在了过去，把惊心动魄赠与了流年。

十六

天色隐约亮起来，远处的云层厚不见底，云的尽头透露出一些忧郁的蓝，气温如同天色般蠢蠢欲动要升起来，初夏的气息渐浓，雨后花开，鸟鸣虫唱，悉数粉墨登场，布谷鸟单调地打着拍子，落单的喜鹊四处张望，云雀自认为是主角，上蹿下跳，叽喳不休。

河的心境也渐渐明亮起来，碧绿得似乎荡漾了灵动，微风和煦，水波粼粼，空气里残留着夜雨的湿润，又掺杂着草木的清香，隐约且晦涩。

十七

风平浪静的时候，河格外宁静，它倒映若明若暗的天色，映衬黑幽神秘的树林，吸纳万物的混响，倾听生灵的合奏。

初夏的夜，虫鸣此起彼伏，仿佛蕴含着迎接夏天的兴奋，凉风时起，吹散所有的焦躁，空气里弥漫着风车茉莉的气息，野鸭欢腾地咕咕叫唤，鱼儿冷不丁儿地跃出水面，激起动听的水花。

夜幕之下，河终于卸下了平日端庄的威严，轻松愉悦，却又如此深情。

十八

烟火在河面升腾闪耀，变幻万千，火树银花的瞬间河水也感动起来，像个日夜操劳的中年女人，生活的陀螺此刻停了下来，它在暗处驻足守望，盈盈地婉笑，河水光彩动人的刹那，双目中却闪烁着泪光。

这一刻，河面笼罩着静谧强大的气场，暮光里透着夜的无尽安详，微风里流动着岁月隐秘的沧桑，垂柳忘情地摇摆，夜莺忘记了歌唱。

灿烂的时光转瞬即逝，烟火的尘埃如同人间繁华，落尽深邃的河，成为尘封往事。

十九

风疏雨骤，寂静如初。黑幽的河面映衬着暗灰的天幕，柳树飘摇不止，光线忽明忽暗，虫鸣此起彼伏。大雨过后，空气通透清澈，河不想沉闷，却欲言又止，千言万语只作夜色沉沉，万千思绪化为余波荡漾，吹拂着人间凡念，闪耀着远处灯火。

夜深的时候，河仿若醉酒的人，喃喃呓语，风中隐约传来古老的歌谣，歌词委婉动人，旋律亘古不变，伴着细雨，飘向天边的云。

二十

风吹着树彻夜，雨打着河整晚。气温降到了冰凉，季节的躁动被冲散，夏的热情伪善被浇灭，雨的狂想冲击着河，它在抱怨河的木讷，河继续无语，溅起多变的水花，风雨横卷着宽广有限的河，河泛滥着人生的无边虚无。

白鹭贴着水面飞过，不见了踪迹，水鸭在风雨里寻觅，四处巡游，石榴开出绚丽的花朵，高耸成片的木芙蓉随着风的情绪摇摆，叶子簌簌落下雨滴，仿佛掉下哀怨的泪。

二十一

雨停后，气温渐升，初夏的风带着丝隐秘的燥热，风吹散浓厚的积云，也吹散河面的沉闷，但始终吹不进稠密如堡垒的树林。林间的鸦雀气氛热烈，热闹喧嚣如市井，河面飞过的白鹭则如同智者大隐于世，瘦削灵巧的身躯带着一丝仙逸。天将黄昏，夕阳镶过色的云朵投下倒影，河一改黑夜将来的压抑，心境明阔生动起来。河面以下，仿佛又是另一个世界，深邃无比，空灵曼妙。

夜色渐暗，晚风渐起，微澜不惊，鸦雀愈噪，河却愈发宁静，蓄势待发，仿佛即将开始彻夜的倾诉。

不经意间，一弯高冷的半月在河面浮现。

二十二

昨夜月光洒满幽蓝的夜空，苍翠的柳树从天怒放，今晚星月不再，天阴暗空洞，迷幻且遥远，时不时落下几滴冰凉的雨，垂柳轻摆，仿佛带了莫名的哀怨。冷风四起，潇潇然间波浪翻滚，河清醒里夹杂些迷离，恰似微笑里闪现往日的痛楚，河已习惯包罗万象，隐藏千般心事，白天观百鸟飞过，形形色色，林林总总，它赠以虚幻的美丽倒影。河不再顾及左右，它随风飘荡，浪花里满是自在的欢愉，或是河对夜袒露心声，窃窃私语，甚至准备彻夜长谈。

夜静得出奇，没有蛙叫，不闻虫鸣，风吹过的时候，只有柳枝的窸窸窣窣。

二十三

夜深人静的时候，河思绪万千，心意难平，欲娓娓道来，却万分克制。

月亮没能控制住情绪，跌跌撞撞，醉意蒙眬地挂在空中，河也是陶醉了，粼粼波光，忘却了往日的悲伤。

黑暗里，树对大地呓语，月对河痴情，浪随风翻腾，柳枝不分方向地乱扭。

风摇摆着，历经过所有的沧桑，不记得痛苦，翻过了凄凉，遥远的往事都在浪里，翻卷着，淡却，并遗忘。

浪却折射出风恰到好处的体贴，月光的温存，夜的柔情。

远处传来一两声凄鸣，貌似夜莺。

二十四

雨似乎下了一整夜，清晨走近河边的时候，天空响起了闷雷，雨突然大了起来，噼里啪啦地暴击水面，平时木讷寡言的河再也不想沉默，在天的注视下，泪如雨注。

春季里，枯荣完成了交替，夏已至，生物开始疯长，四季轮回，阴晴冷暖，河永远是察言观色的倾听者，它受尽了众生的倾诉甚至埋怨。此刻，暗青色的天幕下，狂风大作，电闪雷鸣，它忘却了平日的自我，终于波澜四起，它和天同情共振，它蕴藏已久的情绪在天地间宣泄，大地的视线模糊，河面水汽弥漫交织，风加剧了雨雾的迷离，空气里泛出青涩的水腥味。

不知过了多久，风悄然平息，雨渐渐停止，河面泛着零星的水花，就像在天亮前擦干了眼泪。

二十五

空气沉闷得压抑，河有些喘不过气，在寂静的深夜，浓郁的黑暗无边无际，所有的冷漠都蓄积在黑色的沉默里，若有若无的一丝光亮给人些许慰藉。直至晨光亮起，天边那束光似乎留了下来，化作了斜着的云。一只白鹭在河面上展翅，矫健的身姿飞向了远处的光明，河平滑如镜，倒映着它优雅的靓影，它回旋着俯冲，在水面溅起浪花后，接着又飞向了晨曦亮起的方向。空气里没有一丝风，酝酿已久的热浪呼之欲出，水面时不时泛起气泡，仿佛河深深叹了一口气。

二十六

大雨下了整晚。清晨，天色是深不见底的阴郁，雨似乎发泄出积聚已久的怨，暴击着水面，沉闷的雷声此起彼伏，河却坦然经受着大自然通彻的洗礼，任由其荡涤情绪，去浊存清。它早已放下旧日的执念，在暴风雨中不动声色，在风平浪静后整理残存的记忆。

二十七

风停止了追逐，雨静下了心思。初夏的夜没有月光，无边的黑暗笼罩着一切，所有的疯狂终将消停，静如眼前的止水。蛙叫虫鸣充斥了夜空，蛐蛐孱弱的哼唧此起彼伏，植物在大雨透彻的灌溉后疯长，如陈年往事滋生了翘盼，木芙蓉在雨后悄然绽放，仿佛奔赴一年一期的约。

河沉闷着，陷入了无尽的念想。

二十八

雨后的沉闷持续了那么久，迟迟不见月亮的踪影，仿佛故事永远缺乏明快的色调。

无风的夜，河面水平如镜，耳畔的虫鸣混响一片。木芙蓉屏住了呼吸，垂柳停止了摇摆。

沉默寡言成了河难以泯灭的习性。

它见证了司空见惯的万物繁荣，它吸纳了平凡庸俗的市井喧嚣。

它的平，包容了四季躁动。

它的静，打动了飘浮的云。

它的暗，透射出时光的荏苒。

它的深，回荡着世故的艰险。

它的亮，闪耀着泪光的流年。

二十九

眼前这片河，始终被阴郁的气质笼罩，早已不能自拔。

河是孤寂的，没有月光，没有波澜，忘却过往。

模棱两可的天色，是黝黑里透出鹅蛋青，虚情假意的寒暄，是真诚时眼神的闪烁。

单调的夜色如年轮增长，鸦雀无声是落魄时的爱莫能助。

河水倒映着无情的天，彼岸的树站得如此世故却不露痕迹，没有风的夜晚，河的情绪无处释放，连深沉，也无比隐匿。

醉意蒙眬的，是夜；轻描淡写的，是风；不露痕迹的，是月；不述哀伤的，是河。

三十

江南梅雨季，雨难得消停，早晨的河映着温婉的晴空，云团堆积如扯不断的棉絮。木芙蓉高耸着绽放，淡粉的花朵单薄却独立刚强。沉睡一年的莲花绽放了，石臼里一潭清澈的水，水里倒映着浮云和树影，浮着柠檬的落花，温热的一丝风吹了起来，一直吹到午后，天放晴亮了起来，瓦蓝的天幕映衬着白云和绿树，红色的蜻蜓在芦苇的枝头歇息，浅浅的池塘里，一朵素白的睡莲如此静美。

三十一

在河边的片刻，人心静如水。

河吸纳了所有的杂音，只剩树林深处的雀噪，一团空灵间的混响自对岸袭来。

水如明镜，折射众物，读懂万千世态。

眼前这片河，有过太多幽暗的压抑和深不见底的阴暗记忆。

初夏的清晨，太阳还未升起，光芒却从四面八方亮起来，河照映晴空，铅华洗尽，天边若有若无的一丝浮云，如举重若轻的往事。

木芙蓉悄然落下旧黄的叶，一只喜鹊叽喳地飞过。微风机灵地吹动了柳梢，化解了空气里最后的拘谨。

三十二

暮色悄然而至，幽蓝而神秘的气场笼罩着这片河。浅淡的霞光从浓郁灰蓝的云团里挣扎出，惜别万物，眷恋地淡去。

天空一半高远，一半凝沉，河早就通晓了自然的奥秘，映衬着天的心事，仅是荡起微波，河水如大地的眼眸，幽深且通达，暗淡却清澈。

暮光中，一簇淡粉的紫薇暗自绽放，一边是浓茂的叶，一边是干枯的枝，恰似昼夜的轮回，枯荣亦是随缘。

天瞬间黑了下来，河消失在夜色中，耳际只剩了嘁嘁的虫鸣。

三十三

小暑。微风传递着空气里散发出的温热，天虽阴霾，却毫无压抑感。河面泛起零星的小雨，端详时却不再寻见四起的涟漪，仿佛云飘过时河泛起的莞尔一笑，神秘得若有若无。

一尾菱叶漂浮在河床，酝酿着当季的生长。知了隐藏在周遭的树丛里，它们的鸣叫持续执着，一刻不想消停，似乎要独占初夏的风头。云雀借着风的轻畅，在柳间穿梭，舞步轻盈，柳树婀娜多姿。

天色继续阴沉下去，仿佛酝酿着一场通彻的暴雨。空气的压迫感渐强，巨大的声响时而从河面传来，不甘沉闷的鱼儿跃起，抖起一朵巨大的水花。河却始终平淡，包容，闲定如初，静待暴风雨的来临。

三十四

炎热充斥着空气，柳树不紧不慢地摇着头，没有月亮的夜，知了成了夜晚的主唱，它们的腔调并非一成不变，吟唱时突然响起主旋律，浑厚如领唱，停息后继续回归吟唱，西边停息，东边又响起，宛如一场浑然天成的交响乐。

白天奔波的云停息下来，在浓厚的云层缝隙里残留着疲惫的光亮，让夜晚的河稍许生动起来。

盛夏的夜，河静静地望着云，云痴迷地融化在河的安静里。

三十五

天地之间，卧着这条弯曲的河，水天之间，横着一艘孤单的船。河里的天蓝郁深沉，水中的云端庄灵逸。簇拥成团的树环拥着河，河用清澈甘冽滋润着树，树甚至成了河的一部分，或者，河早已经隐匿进了天地，遁形于万物之间。

盛夏光年，沉寂的河边，蓝雪花绽放得如此静谧丰盈，一只黑色的蝶旋在枝头。

三十六

暴风雨来临前，天色已悄然变化，云团蓄势堆积，空气凝滞沉闷，河如同一面巨大的镜子，记录了所有的风云变幻。一只白鹭从热浪里飞过，瞬间没了踪影，两只麻雀蹿上枝头，也不见声响。

河承天应地，仿佛以一种强大的静谧气场吸纳了一切动态，所有的闲言碎语，终究消弭殆尽。日光烂漫，喧嚣不止，暴雨还没来，夜幕却降临，或恐是拉下了时光的闸，所有的噪声瞬间被屏蔽。

盛夏的夜，河只剩下无边无际的寂静。

远处的天边，黑暗里闪现出几丝柔弱苍白的闪电，一阵沉闷的雷声传来，混沌乏力。

三十七

如果不是随风而起的涟漪，河不再想陈述什么，世事不古，灰暗的天色里飘满惆怅的云。树站成浓密的一团，在回忆里消沉一番，又回到苟且的现实。

太久不见月色，河无法虚构天清地宁、花好月圆。混浊的夜色里，唯有柳树孤单地就着河的节拍，顺着涟漪的方向，轻轻起舞。

沉闷的炎夏夜，茉莉的馨甜带了茶香，浓郁而炽烈，四处散发。

三十八

乌云压顶的清晨，河泰然自若，和颜悦色，平淡中是脱俗的清奇。

电闪雷鸣的夜晚，河面被闪电照亮，暴雨如注，天宣泄着压抑的情绪，河荡漾起久违的水纹，雨水冲去空气的尘埃，荡涤了河的杂质。黑暗里的河，清澈深幽。

雨不知疲倦地下了很久，大地用沉默迎接暴雨的洗礼，哗哗的雨声衬托出夏夜出奇的静。

三十九

台风来临前，风推着云快速地飘移，月亮透过云层，在河面洒下亮斑，风吹浪起，河面闪耀着碎银般的亮光，柳树摇摆着丰硕的躯体，恰似黑夜里寂寞的舞者，风铃不紧不慢地响起，如同失传已久的古旧歌谣。

四十

阴暗让人压抑，甚至内心抵触，然四季轮回，昼夜交替，阴晴冷暖是自然常态，河只是客观地记录了那一刻。

终有放晴的时候，天高不可测，地远不可及，风轻若蝉翼，云淡如心境。

天蓝得妩媚，云白得纯粹，树绿得浓郁，河碧如绿绦。

四十一

月亮透过柳树的缝隙，依稀朦胧，情深意切的夜晚，胜过虚情假意的白天。

暴风雨过后的清晨，天色阴霾，却平淡祥和，装得下世间所有的情绪，鸟鸣虫嘁，婉转动听，河略有惺忪，对岸的鸟啼突然变得嘶长悲楚。

木槿姗姗来迟，一束矜持的淡紫，仰视着阴霾的天，眺望着无边的河。

四十二

大雨滂沱的夜，充满心事的河反而释怀了。雨水在河面击打出水花，再潜入河深处，雨同河融为一体，正如往事和今昔，相互拷问，最终妥协融合。

黑暗分了各层次的色彩，浅灰、深灰、淡黑、浓墨，天色永远任性地表达着自我，唯有河包罗万象，木讷里可能是智慧。

变幻万千的天色是过客，河是忠诚的守候者，察言观色是暂时的圆滑，冷暖自知、心若明镜才是永恒。

黑暗里，大雨中，桃红色的三角梅绽放着，浓艳得不屑一顾，独自陶醉，忘乎所以。

四十三

天空将所有的心事淤积成云，月亮穿过云层的间隙，将云边渲染了彩色的光晕，在河面荡漾出皎洁的光。

变幻不停的云过于疲惫，河被夜风抚慰着，心弦忍不住颤动，天空的颜色化作了黑，晃动的光影也累了，渐渐黯淡在河水里。

对岸的树沉寂成了一团幽黑。

四十四

没有月亮，不知算是黑夜还是清晨，我又来到了河边。

黑暗或许大部分时候寓意着沉闷压抑，却又是孕育黎明绕不开的阶段。黑夜里这段沉寂的漫长的时光，没有迎来送往、觥筹交错，一切尽在无边的黑暗和寂静里，却是扪心自问的复盘时机。

天色并非一成不变，万物也未销声匿迹，夜风柔弱如远处熹微的光，若隐若现。

蓄势待发的曙光如生命的张力，黑暗尽头是光明，光明疲惫时潜入黑夜，交替轮回。

四十五

微风和煦，空气清凉，粉色的霞光闪耀在遥远的天边，美丽缥缈，恬淡虚无。

白鹭贴着水面展翅滑翔，河用仅有的清澈流动着朝霞和白鹭美丽的倒影。

鸟鸣生动活泼、婉转动听。鸟儿七嘴八舌如日常的寒暄，不为取悦谁，如同河面的波涛不紧不慢，天色渐亮，清风徐来，远处高飞的鸟，不知飞了多久，是否疲惫。

不知何时，天边那一抹淡粉的霞光，却隐去了。

四十六

夜晚几乎没有风，送走行色匆匆的一天，迎来沉默寡言的夜。月亮悬于天际，分外皎洁，河却被夜色吞噬般不见了踪影。

月亮是天空给夜点亮的一盏灯，万物不再孤寂，只是疲惫不堪地睡去了。

四十七

一方历经沧桑的石臼，一潭浅水倒映着天，几片不起眼的荷叶间，又一朵睡莲悄然绽放。它熬过寒暑之苦，受尽世态炎凉的目光，赶在夏季最后一天，盛开着来一场作别。淡粉的花瓣透着与世无争的淡然，紫色的花瓣将鹅黄的花蕊团团包围，美得灵动，艳得脱俗，韵得仙逸。

河收敛了许多，在暴风雨的洗礼后它习惯了不动声色，鹅蛋青的天色亦平静如水，与万物交融一体。这片河，迎过繁茂的春，伴过炽烈的夏，禅定的瞬间是不期而至的成熟。

四十八

皱褶是舒展的，是风含蓄的蕴藉。河沉默寡言太久，不是不明白，人情冷暖，三长两短，河早已悟透。只是不愿絮叨，不想说破。

灰暗是夜晚的常态，无须月光的点缀，浓密的云层里透出的光，是绝望后的希望所在，黑白交织的天地，是世界本源的色彩，真实得沉重，真实得耐人寻味。

一团浓密的树，就这么静静地矗立着，白天是浓绿的一团，夜晚是黑漆漆的一片。夏末最后一个晚上，星月无光，它们在河的身旁默默守候，不述哀伤。

四十九

立秋。天色迟迟未醒，河被一种肃静神秘的气场浑然笼罩，周遭一片幽蓝。

晨昏交替，河的色彩单调乏味，却流淌着洗尽铅华的智慧，在河面前，都市的灯红酒绿黯然失色，车马喧嚣销声匿迹，精致的妆容盖不住肤浅，优雅的寒暄藏不住伪善，河远离尘嚣，仿佛经营着久远的计划，只顾恢复元气，吐故纳新。

心烦意乱的云雀上蹿下跳，神情疑惑的乌鸦飞上柳梢，布谷鸟不见踪影，却在河的尽头此起彼伏。唯有归来的白鹭读懂河的心语，它贴着水面徐徐飞过，姿态优雅，矫健自信，仿佛接受了周围所有的注目礼。

天渐渐亮了，一丝隐秘的秋凉蔓延开来。

五十

秋意渐浓，夜色正酣，微波潋滟，风与水的对白，难以捉摸，却任由各自解读。

白鹭的夜语，留下一长串的回音，微风抚动即将枯萎的芦苇，窸窸窣窣。

风铃摇动的记忆，从何说起呢。

夜色悄无声息地溶入水中，水面妥协着，荡漾出岁月的皱褶。

五十一

天色黯淡，日月无光。

彼岸的真实模糊成幻影，万物的情绪压抑已久。

水面荡漾，是秋风与河的暗语。

细微的躁动在柳梢，暗处的水鸟嘀咕一声，响彻了沉闷的夜空。

岿然不动的是漆黑的树干，就这么沉默着，站在深秋的远方。

五十二

气温陡降，深秋展现了应有的冷飒严肃。夜色吞噬了所有的色彩，镜头失真地记录成灰白和暗青的拼搭。水凝固成一面镜子，倒映着对面的树，分不清真实和幻象，乍看像个黑色的棒槌，又像变形的哑铃。鸟雀消失了，一切声响都被水面吸纳殆尽，一时间静得令人发怵。

城市斑斓的灯火隐入黑色的夜空，黯淡的孤星遥不可及，车喧马躁的混音融进树枝哗哗的声响，世间的尘埃散落四面八方。季节不明的晚风抚动落寞的杨柳，带着些许伪扮的温柔。

五十三

高温渐退，太阳的光芒被浓密的云层遮掩，无意间光将云绣成了锦，瑰丽多姿，妙不可言。河恰好见证了这个瞬间，除此之外，风起时掀起的微波将天色揉搓，仿佛是叠加了随性的艺术创作，河里倒映的天色被描绘成一幅油画，夕阳的余晖凝固成生动的记忆。

天色越来越暗，河与晚霞一起被黑暗吞噬，周遭一片寂静。

只剩蟋蟀的吟唱，此起彼伏。

五十四

高温炙烤了一整天，仿佛把所有的云都烤化了，灰蓝色的夜幕上，只剩一弯孤单的弦月，河倒映着它孤傲的身影，风一吹，河面有些晃动，显出水中月的虚无。

明暗交替之际，天地间只留了聒噪的虫鸣，反而衬托出安静。

几棵高大沉闷的树，替河挡住了远处的尘世喧嚣，让历经千帆的河，终于可以孤安一隅。

五十五

小暑过后的清晨，水面倒映的霞光渐渐明亮起来，水面漂浮的菱角盛开素白的花，成群的蜻蜓在贴着水面盘旋巡逻，知了歇斯底里了一整夜，鸦雀的叽喳愈发微弱，布谷鸟有些孤掌难鸣，野鱼时不时地跃出水面，留下哗啦声和水纹。苦夏的酷热沉闷侵袭而来，水鸟的哀嚎从芦苇丛里传出，唯有紫薇从容地绽放，保持着最后的优雅和体面。

五十六

平淡无奇的清晨，四处是狂风骤雨的痕迹，昨夜的雨哗哗地落下，畅快通透，仿佛洗刷了人间悲欢和不堪往事。

天灰蒙蒙一片，无边无际，河面格外平静，兼容并蓄。

一丝微妙的秋凉袭来，虫鸣变得慢条斯理，叽喳的麻雀，河岸叶子转黄的芦苇，环绕花丛的黑色蝴蝶，悄然变红的枫叶，缓缓飞过河面的白鹭，分不清谁是秋的信使，也道不明谁是河的伴侣。

雨后空气清新湿润，河面泛起点点涟漪，不觉又下起了小雨，几片柳叶离开轻摆的枝条，飞舞着，盘旋着坠落。

时光，就在这轻飘飘的微凉里流逝着，不露痕迹。

五十七

远处传来布谷鸟的声音，苍老无力，顿挫疲

急，断断续续。它们仿佛是四处流浪，蜷缩在某个角落，忘了村野四季，山川河流，谷物牲畜。

在夏秋交替的时刻，遥远的乡土仿佛通过万物的暗语，隐秘地传递着的召唤。

雨停了。

一只孤单的白鹭，飞过这片同样寂寞的河，来来回回。

五十八

水天一色，涟漪里泛着碧绿的微光，那是忘了季节的树影。鸟雀叽喳，点破空气的沉闷，柳枝轻摆，舞动曼妙的秋姿，秋蝉扯着嗓子，喊出无尽的惆怅。

在蓝雪花盛开的季节，芦苇也丰润地绽放，这条河迎来了舒展的时光，不紧不慢，随风轻荡。

五十九

一片寂静。

除了蛐蛐在低吟浅唱。

夜空深不见底，城市的灯火泛起光晕，留有一丝灰亮。

这条河，历经酷暑的蒸炙和暴雨的洗礼，无比清澈地迎来了秋，似乎所有的相遇都在这个季节重逢。

微风吹起波浪，柳枝轻轻摇摆，周遭的一切仿佛都迎合了河的气场：夜的深沉，若百感交集；风的感慨，似历经千帆；树的恬静，如看尽繁华。

只是，黑夜里藏了无数的故事，夜风里揉了无穷的情绪，疏影里横斜着无尽的怅惘。

六十

秋雨如期而至。

漫长的夜里，雨水在悄无声息地下，一直到寂静的黎明，淅淅沥沥，仿若没有尽头。河面泛起涟漪，仿佛是天地与河之间无限的交谈和缠绵。

春雷打破冬季的沉闷，春雨落下来，大地经历过严冬，冰冻三尺后变得麻木迟缓，温润的雨水潜入夜，日复一日，大地恢复元气，万物至此萌芽。春雨是一次持久的慰藉和疗愈，河自然能明白，悄无声息地将其悉数吸纳，内心坚强起来。

夏季，气温陡升，万物生长，繁花似锦的时候亦有尘嚣泛滥，电闪雷鸣后，夏雨冲刷尘埃，夏雨是天对地炽烈的表达，畅快淋漓间宣泄着天地间的爱恨情仇。河也迫切需要如此真诚透彻的洗礼和荡涤，水花跳跃的瞬间，一半是雨，一半是河水。河是欢愉的。

冬天的雨，在高空暗自凝固成灰白的雪花，在冷风中飘荡而下，洋洋洒洒，沉默不语，直至扑入河的刹那，倔强的冷漠才化成泪。河读得懂冬雨的孤寂，拥它入怀，彼此守护。

而绵绵秋雨，是情绪最复杂的表达。安静中有惆怅，惘然里有希冀，希望时有留恋，不舍间是顿悟，通透后是沉默。

远听窸窸窣窣，走近却又闻雨声。

只见河面的水花，细腻缜密，变幻无穷，像秋雨时河的思绪。

雨下了大半夜，冲刷了往昔的阴霾和混沌，四起的雨声交织混响，在秋雨演绎的晨曲里，这条河活泼起来，水花四溅，雨水补给了新鲜的能量，荡涤去垢尘，清澈焕新，一条河水，黛青色玉带般舒展着向东流去。河的记忆里，阴霾似乎多于晴空，或许灰黛青的天色更接近河内心的颜色，总有些悲伤的故事需要遗忘，总有些期盼需要续写，河沉静地忧伤着，秋雨抚动了心弦，随着秋雨的抚慰，河渐渐释然，甚至微笑，不断绽放水花，河终于欢乐地向东流去，甚至召唤起岸边盛开的木芙蓉，厮守多日但沉默至今的木芙蓉朝河娇艳地笑，团团粉色，是灰霾里浪漫的亮光，秋雨只是情话的传递者，绵绵不绝地，一刻也不停息。

雨声透过了寂静的夜，传到耳中，如山涧里清泉滴答悦耳。恰逢农历秋分，秋雨淅沥，柳叶萧萧而落，木芙蓉却盛开着，浓妆淡抹的粉，清新可人的艳，在朴实无华的绿叶衬托下，是栉风沐雨后的灼灼而放。

天阴沉着，雨也漫不经心，在河面泛起水花，此起彼落，雨花时不时密集起来，声响也渐大，不经意间又弱了下来，河面只剩悄然无息的零星水花，如此反复，如同秋与河的对白，随情绪而变。

平日沉默的白鹭心事重重地穿梭而过，嘶哑地叫唤了一声，平添了几分秋寒。

六十一

黑色的天幕笼罩了一切，河面如镜，倒映万物，这片宽阔的河，吸纳了所有的杂音，寂静如初，仿若初见。

黑暗里的阴谋、苦闷、幽寂、恐惧、压抑糅杂在一起，被河悄无声息地消融，最终吞噬殆尽。繁华落尽，星月无光，气氛惨淡，闲人散去，世界仿佛被清空。河里只剩了树的倒影，仿若夜幕里离别的背影，清寂，孤美。

黑暗里，向日葵和大丽花静静地绽放，似乎点亮了微弱的灯，慰藉孱弱的生命。

六十二

秋高气爽的日子，天幕犹如一块广袤无垠的蓝绸，江水平静，碧绿无边，跨江的桥梁正在架设，过去和未来都似曾相识，却又有断层的陌生。

傍晚时分，风刮起轻快的柳梢，淡粉的木芙蓉开满枝头，清丽可人，河面泛滥起久违的快乐光彩，日光却是疲倦了，浅淡的月亮升起，夕阳逐渐绚丽，暮霭笼罩大地，白鹭的啼鸣偶尔从芦苇荡里传来，成群的麻雀扑腾着飞向远方，车马喧嚣的混响愈发模糊。秋夜，慢条斯理地降临了。

六十三

在清寂的秋夜，一弯明净的半月，像加速奔向星河的光斑，在柳梢作别不舍的缠绵，在河里种下永恒的想念，夜空泛出幽蓝，河映射出萤光般的绿，微凉里蕴含秋风的情愫，夜色中散发四季的通透，木芙蓉却在暗夜深情地绽放着，阳光催生其身躯，雨露滋润其茎叶，秋风抚慰其花蕊，此刻，定是清冷的月光，激发了它孤单傲楚的灵魂，与河共情，与月对望，与秋同悲，与夜齐醉。

六十四

秋阳西斜，绚烂的光芒照耀河面，河像个沉默寡言的孩子，任凭阳光如何努力，始终照不透河的内心，所有的暖意和怜悯仿佛碰到了冰冷的镜面，如数折回。木芙蓉却向阳而生，在寒冷降临前努力绽放，楚楚动人。

入夜后，一轮孤月高悬天际，没有星星，蛐蛐声四起，衬托秋夜的恬静，远处传来一声乌鸦的啼叫，仿佛它是懂了河的孤寂，瞬间响彻夜空。

六十五

今夜的月光锋芒毕露，秋凉绵绵，河面闪耀着一丝神秘的光芒。芸芸众生，皆是凡人，面具之下各自扮演了三六九等的角色，有的道貌岸然，有的虚怀若谷，有的大智若愚，有的机关算尽……半醉半醒或许是最好的状态，不偏不倚，看破不必说破，世界过于喧嚣。

而河沉浸在自己的气场里，从未被外界影响，似山谷里的一片深渊。

天幕永远是静谧的灰蓝，对岸的树站成了稠密的一团，凉风习习，天边的云不见了踪影，眼前的木芙蓉不久就将凋零，夜色里它们粉红的背影略显黯淡。夜愈深，蛙鸣越来越低，歌谣越飘越远，寒意无孔不入，月光变得高冷，似乎不再苟且于平凡。

六十六

微风把微淡的霞光吹得有点碎，河面泛滥着水草和光晕。白鹭盘旋着降落在河面，匍匐了一会儿再展翅飞向霞光。远处的车喧马闹形成嗡嗡的声响，周遭高低远近的鸟鸣也形成了混响，而河的气场仿佛独立于世外，依稀的风铃间，听见了布谷鸟的声音。

微凉的清晨，蓝雪花特立独行地绽放着，一遍又一遍，朴素无华，秀丽端庄。

六十七

河醒来的时候，晨曦已经透过天际，如绯红的脸颊，照亮了蓝黑色的天幕，白鹭欢悦地飞舞，木芙蓉一往情深地绽放。昨夜的灯火依旧，曲终人散的背影模糊，如河面沉浮的影子。河面波光暗动，如岁月沉淀后的皱褶，粼粼地闪耀着霞光。

沉静如初的河，高深莫测的河，风情万种的河，如空气里弥漫着湿润，如夜空里晃动的月光。

六十八

高温持续不退，自然的规律似乎被遗忘了，季节显然错乱，梨花开了，虚伪地粉饰着繁荣。

河满池丰盈但虚妄浑浊，万物沉寂，夕阳被厚重的乌云遮蔽，天空失去了往日的瓦蓝明净和通彻，空气里透露着一丝不安和压抑。

黄昏将至，几只乌鸦盘旋在对岸的树林。

六十九

傍晚，暴雨如期而至，持续的高温散去，天地间回归了秋季该有的凉。

倾注而下的雨洗刷了河里沉浮不定的污浊，河清澈了许多，元气恢复，对岸黑黢黢的树透着深沉，它们严肃的倒影在河面晃动。远处的灯火投射来蓝色的光晕，照进河深邃的内心，这是黑夜里难得的一束光。

平凡的夜里，秋凉如水，秋水对望长天。

夜幕下，河舒展开眉头，荡漾起久违的轻松惬意。云在天空中随心所欲地飘，仿佛是一场漫无目的流浪。柳枝在夜空里自由地摇摆，追随了云的幻影，呼应了河面无尽的波浪。柳叶纷纷飘零，奔入大地的怀抱。

仰头的瞬间，天是无尽的虚空，云是无边的轻透，柳是无穷的留恋。

七十

冷空气来临，黄昏提前了许多，风把云扯到了天边，长河尽头的落日，将炫目的光晕漫撒在河面，变幻翻滚的波浪间闪耀着金黄色的光芒，夕阳的余晖将亘古的记忆镌刻在大地，将秋日的私语传递到河的内心。大风吹动对岸的树梢，吹起河面的浪花，吹响庭院的风铃。深秋的呼唤里，暮光渐暗，众鸟归巢，大地终究归于沉寂。

七十一

似明却暗的天空，暗黑里浮着灰白的云，似乎泛滥成了夜空的杂质，对岸永远是一团黑色的树林，河安静地倒映一切，寒夜里无尽的暗，远处遥不可及的一丝光亮。

情绪如同浮云之于夜空，永远都可以是幌子，快乐的底色居然是悲悯，悲楚的内涵却是恬淡的欢愉，这条阴暗压抑的河，懂得苦尽甘来的欢喜，轻快飘忽的云，却装不下阴晴圆缺的痛，或是狂风击垮了最后一丝留恋，温度终于突破了季节的边界。

天地肃穆，夜空悲楚，飞禽失语，河凝固般地哑口无言，而记忆里，是白鹭离去的孤傲背影，是夜莺悲楚的最后一声啼鸣。

七十二

河塘环绕着四分五裂的树林，几棵瘦骨嶙峋的树，一丛摇摆的芦苇，站在夕阳的余晖里不知所措。霞光寡淡，被风刮得所剩无几，白鹭晚归，鸟鸣四起。深秋的黄昏稍纵即逝，片刻间已是华灯初上。

夜空黯淡，行人寥寥，古村落像是被遗忘的角落，冷清得只剩秋虫唧唧。

七十三

西北风刮了一整天，夕阳西斜的时候，河面卷起层层叠叠的浪，浪高风疾，暮光将大地染上一层光晕，落日透过树林的刹那，散发出五彩的光芒，河面于是弥漫着这股糅杂虚无、轻幻夺目的光，阴冷里流露轻淡的暖，暖光里又透出阴森的寒。夕阳的光晕巨大得似乎要笼罩一切，耀眼得仿佛要蒙蔽所有的视线。

四周静得出奇，黑夜即将来临了。

七十四

降温后的初冬，昨夜的风刮跑了所有的云和牵挂，清晨的天空一片明蓝，久违的太阳明晃晃地照在河面，阳光和煦，甚至感受到清冽的空气里泛起的温热。

对岸是黄绿斑驳的一团树，河里是黄绿色的一汪水，河水的色彩随了季节和温度的变化，或许也随了天空和大地的心情，黄绿之间折射着世事纷扰后的顿悟，明汪之间泛着悲喜交集后的透彻，平静之间映着世间百态里的冷暖。

空气里没有一丝风，河平静得可怕，没有一丝波澜，仿佛是种对峙。

对岸突然飞过几只黑白的鹊，叽叽喳喳地，终于化解了沉闷。

七十五

半弦月挂在西边垂落的夜幕，留恋没有意义，那团光亮逐渐黯淡在夜空里。

深沉的夜幕下，树哑然无言，河沉默不语，苍茫大地间，这片浓郁的黑，蕴含了多少的喜怒哀乐。

在这深夜里，河彻底迷失了自我，融入无尽的夜色中。

漫长的黑暗里，河静默并隐忍着，沉思久远，记忆深处打捞不出关于期盼和星月的交织，淤积的是岁月的淡漠和无情。

远处的天空渐渐泛起了鱼肚白，星球转动到了光的交界点，晨曦亮了起来，河沉积的疲惫渐渐褪去，展露出清秀的容颜。

七十六

太阳明晃晃地照耀在河面，如同揉碎的金箔浮动，气温和煦，如同错乱地回到了暖春，甚至觉出日光的灼热。天是一抹淡泊的微蓝，河是一汪明澈的浅绿，河的浪纹变幻无常，足够情绪的流露，河又常虚怀若谷，足够情绪的隐藏。对岸的树沉默如初，芦苇透过阳光，喜鹊盘旋飞舞，眼前的一切都平凡且随遇而安，无论悲喜，不诉过往。

七十七

从天蒙蒙亮到暮色渐浓，大雪洋洋洒洒地落了一整天，没有消停的意思。大小不一、形状各异的雪片，无穷无尽地从高空飘摇回旋坠落，悄无声息地坠入河面。河像一只伏在地面张开口的巨兽，雪源源不断地落入其口中，前赴后继融化殆尽，至此终结。清澈明净的河又如同一面巨大的镜子，纯粹映射了雪花的漫天飞舞，雪飘向人间，不知始终。河似乎成了虚实的临界点，风花雪月万千变幻，不过梦一场。

平时不苟言笑的那丛树，朴素端庄的一团墨绿，此刻银装素裹，清秀唯美。风一吹，雪簌簌地落了一地。

夜幕降临前，树林的尽头响起一声乌鸦嘶哑而漫长的啼叫，似这匆匆流年的一句悲歌，河面的沉闷被打破，但很快又重新回归了无边无际、笼罩一切且透骨彻寒的沉寂气场。

七十八

傍晚时分，太阳西斜，日光轻薄而斑驳，透过树丛照耀四方，寒风凛冽，刮起河内心的波澜，河视风为难得的知音，滔滔不绝地倾诉衷肠。靠近岸边的地方，河面结了一大片冰，晶莹剔透的冰仿佛是河凝固的记忆，枯萎的树叶纷纷飘入眼帘，它曾准备好了所有的说辞，无奈严寒冻住了欲言又止的河。关于四季和苍生，河不再有任何幻想。

几声乌啼后，夕阳已消失不见，天空像涂满了粉色的霞光，风已停，河倒映着瑰丽多彩的天，平静如初。

黄昏静谧得出奇。

七十九

天变幻莫测，有时纯净如锦缎，有时浮云连片。河高深莫测，河的眼里，天地可鉴，太阳月亮皆为过客，光影不过是附庸风雅。

风浪之后，一切归于平静，自然回到亘古的起点。严寒过后，积雪融化。暮光笼罩着河的四周，天幕与河面融为蓝灰色的传说，黑暗里河面泛出浮云的亮光，正如浮云知晓河的朝思暮想。

萧瑟、漫长、肃杀的寒冬，万物蛰伏。

无声无息的树林尽头，响着动情的歌唱，正如河的深处，流着大地的脉动和回响。

八十

新旧交替的时刻，人们怀念过去，寄语未来，绚烂多彩的烟花后展示一番如愿的幻境后，夜空重归漫长的黑暗和寂静。正如喧嚣的人群悉数散去，大地平静如一河水。

前些日子气温异常升高，河里泛起浊物，树叶杂物随波逐流，河一度浑噩，迷失自我并暗自伤神。在元启万物的这天清晨，太阳渐渐升起，没有一丝风，但雾霾大部分散去，空气清新了许多，这条河经历了不动声色的荡涤，仿佛是不堪重负的精神被内耗后获得了新生。清澈是河的元气和魂，元气消散后得以重新汇聚，显示了河的自我修复力和顽强的生命力。

渐渐地起了风，对岸的霜似乎在消融，河面微澜四起，河那紧绷的情绪终于舒展开来。

八十一

河面弥漫了浓雾，混沌静止一片，又似乎是水汽的流动升腾，浩瀚缥缈。

视线被雾隔断，模糊不清，雾如蛛丝网般缠绕纠结河的心田。

彼岸是未知的前程，百鸟在浓密的树林迷失，雾团也是谜团，忧伤的灰、忧郁的绿，融入河的底色，迷茫和困惑成了河的心语。

八十二

寒流侵袭，月光依稀残存，黑夜在清醒里漫长得无边无际，而在混沌里只是睁眼闭眼的一瞬间。河清醒了千百年，光明里看得见繁花似锦，黑暗中记得清所有的过往。清醒便是看清真相后的释然。

苍茫大地在严寒里噤若寒蝉，对黎明的召唤变得悠长且苟延残喘。

记忆的长河满是暗黑的漩涡，暗流里泛着零星的光，显得孱弱无助。河底是厚重的陈年往事，是烂枝腐叶淤积的泥，现实是当下一河贫瘠又丰盈的清水，不知经历了多少沉淀和荡涤，在黑暗里，从容不迫地等待遥远微弱的晨曦。

八十三

蓝天下一湾碧水，在寒冷里，水凝固成冰，露凝结成霜，对岸的河坡满是茅草和芦苇，布满白花花的一片。风霜是流年给予的沧桑，寒夜悄然而至，如一夜突生的白发。

太阳当空升起，温度逐渐升到零摄氏度以上，不知是水将冰消融吸纳，还是冰化在了水的胸膛，一会儿工夫，河面漂浮的大片薄冰不见了踪影，仿佛寒冷没有降临过。

冰与霜仿佛约定了一般，在太阳升腾的时候，与河不辞而别。

八十四

岁末年初，雨下了好几天，洗去天空的浮尘，大地湿润却愈发冰冷得陌生，天空阴暗高远，寒意让人愈发清醒，这是历经四季之后的顿悟。

大多数人都偏好光明温暖，憎恶黑暗寒冷，却不知漫长的黑暗才是孕育光明的床，无边的寒冷才催生对温暖的渴望。

黑夜的雨，打破黑压压的沉寂和暗无天日的恐惧，哗哗的雨声成了天地间动听的声音，成了生灵万物的慰藉。雨带着决绝离开云团，恣意妄为地扭动，以各种姿势落入了河，成为河的一部分，失去了源自天际的高冷，沉淀在大地，附着在河床，成为朴实无华的水，自由流动。

八十五

黑夜，潮汐展示着海的浩瀚，怒吼与咆哮透着生命的力量，无限的动能，天性的张扬。

清晨，微波荡漾着河的幽深，沉默和无语里写满故事，静水流深是种处世的格局。

立春。

蜡梅的浓馥穿透了悠长的黑夜，香如澎湃的海潮，持续浓烈。

水仙的清幽跨越了地界与时空，香如暗流涌动的河，欲言，又止。

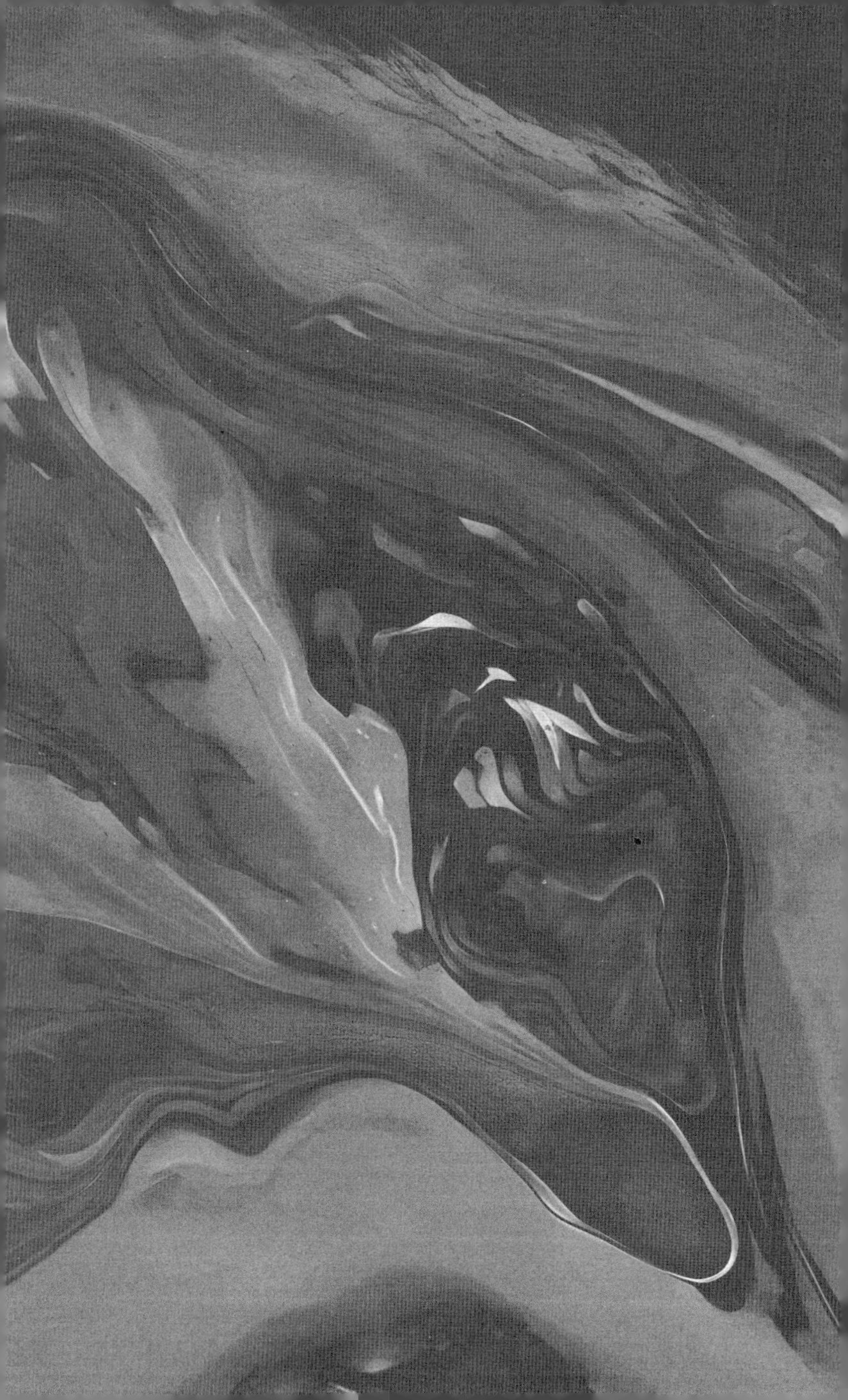

第二章

青皮橘子

眼前这些个青皮橘子，
在甘甜和苦涩交替间，
翻过了季节的篇章。

一　青皮橘子

①

又是初秋。

这个夏天所有的记忆，似乎都和暴雨有关，潮湿而通透，泛杂着尘土味，丰润里夹着干涩。几番雨水之后，气温降了下来，立秋之后的夜晚，月朗星稀，虫鸣渐低，路边夜市的水果摊，陆续摆上了青皮橘子。

青色的皮，剥开后是淡黄色的瓤，吃一口时，微甜里透出酸，再吃一口，会酸得皱起眉头。每年入秋的时节，看到青皮橘子，心底总会有种酸的感觉，那种微酸，还夹杂着淡淡的苦。这是一种陌生而又熟悉的感觉，像童年时麦田里的守望，像少年离乡时的回首，像中年眺望夕阳。因为追求陌生感而到处游荡，转了一圈发现，原来的地方也很陌生。

时光是无情的永动机，一刻都不停留。我们从不能雕刻时光，而时刻被时光雕刻着。空间也是无情的永动机，我们从不能改变距离，却时刻被距离改变着。时空是双重的机器，改变着我们的容颜、轨迹和心境。在时空机器的轰鸣里，我们碌碌谋生，想象越来越少，回忆越来越多。

每个人都有自己的轨迹，和不同的人产生交集，彼此分开后是否再有交集就是未知了。有很多人，就这么存在或消亡在了记忆的淤泥里。

人生轨迹，长短不一，回忆是对某些情绪的打捞，对于故乡，只能偶尔从记忆的长河里稀疏地打捞了。

入秋的时候，总忍不住去买那些酸酸涩涩的青皮橘子。

越长大越明白，其实这种求而不得的味道，是美好的永存，是在另一个时空的存在，是在另一个世界的永恒。

2

几场大雨过后，气温陡降，暑气消散得无影无踪。

夜空薄淡，秋凉如水，虫鸣嘁嘁，此起彼伏。

夜的腔调，如被拖得漫长的哀怨。

晚春时分，浓绿茂盛的橘树开出星星点点的白花，花凋零后蜕变成拇指大的橘子，藏在浓绿色的橘子树里，毫不起眼。三个月的高温催熟叠加了雨水的滋润，橘子慢慢成了形，悬挂枝头。

每到入秋，觉出丝丝寒意的时候，青皮橘子就上市了。青绿色外皮掺杂着柠檬黄，朴素无华，剥开薄薄的皮，掰开几瓣淡黄的橘子放到嘴里，顿时一股酸味冲击味蕾，许久过后，一丝淡淡的回甘缠绕，令人久久回味。

虽有虫鸣，夜却静得出奇。

往事如秋凉，抽丝剥茧般涌上心头，亦如入夜前的鸿雁声稀，消逝在晚霞尽头。

眼前这些个青皮橘子，在甘甜和苦涩交替间，翻过了季节的篇章。

二　春夜

昨晚睡梦中隐约听到外面打雷，便辗转反侧，迷迷糊糊间，雷声越来越大，内心按捺不住有些兴奋。突如其来的春雷打破漫漫长冬的沉闷，驱走严寒。

春天，就在简单粗暴的轰鸣后，这么来了。

从村庄拆迁至此的人们似乎习惯了早早熄灯睡觉，小区的夜晚格外安静，只有雨声哗哗作响，雨中的植物欢愉地疯长，散发着浓郁青涩的生命气息，冬眠沉寂的昆虫开始欢鸣，伴随雨声此起彼伏。

几天前，小区门口的敬老院里又办起了丧事。

生命始终，如四季轮回。在万物萌发的时刻，有些叶子也在黯然掉落。为什么春的到来淫雨霏霏，为什么阴霾的天空充斥雷鸣，为什么青葱的叶子上挂满泪水？

新生必终结过去，充满阵痛。

生活在外面的世界太久了，回到原点，却也是陌生人了，是自己变了还是这里变了，还是一切都变了。

在这雷声轰鸣的初春夜晚，突然感怀。

三　故乡的秋

关于秋的记忆有很多，看过初秋巴黎街头的萧瑟，悟过秋末罗马郊外的悲凉，曾在卢森堡盘山公路上眺望漫山红叶，也曾在阿姆斯特丹运河的游船上静观叶落。异乡漂泊的人，心里常会揣着对故乡的一份思念，夜深人静时，悄然品味一番，些许向往，些许甜蜜，些许感伤，或许这便是乡愁。

故乡的秋，和长满杂草的乡间小路有关。

通往村口的小路不再尘土飞扬，不再飘出暴雨过后的泥土味道，秋雨让路面湿滑泥泞，赤脚走路已经觉得冰凉，我开始明白，秋天不是来自天空，而是来自大地。

故乡的秋，和色彩斑斓的童年有关。

清楚地记得，初秋时分，和伙伴去树里丛间采集树叶，夹在书里，每日垂钓于河边，却不停地开小差，暮色渐浓时拎着空空的水桶沮丧归家。不再午睡的中午，跑出去捕捉昆虫，拿来赛跑。

故乡的秋，和长辈的嘘寒问暖有关。

春季万物复苏，乡下孩子欢呼雀跃，摘了油菜花再抓蜜蜂。夏季欣欣向荣，孩子们钓鱼玩水，晒得黝黑也无人问津。冬季沉闷，老人靠墙晒太阳，小孩子玩起“挤脂油渣”——两队人靠着墙互相挤。

唯有秋季到来时，长辈叮嘱不断：秋季易着凉，早晚得加衣裳，不能喝凉水，天黑得早了要早归家。

重返阔别的故乡，昔日的顽童已过而立之年。

故乡，是游子纯朴的情感寄托，是精神家园，是起点亦是归宿。

我开始去寻找关于记忆里故乡秋天的蛛丝马迹。

集市已经败落，被遗忘在小镇的角落。铺着青石板的那条巷子里，竖着高木板的铺子大都关门大吉，理发店也被“杀马特”发型的小青年占据，江中往来的水泥船也骤减。我怅然若失地站在了石桥上，看着略显污浊的江水打着旋，秋风起，一阵寒意涌上心头。故乡的画面似乎已经被遗失久远。

独自驱车到了长江边，发现曾经那个废弃的砖窑也消失了，轮渡已经被水泥大桥代替，所幸的是，那片芦苇滩还在，秋风萧瑟，白茫茫的芦苇一同低头摇摆，远处，望秋水长天，闭目感受深秋的气息，还能得到些许安慰。

人生如旅途，行走，观望，回头，此时此境，彼时彼景，时过境迁，自然不过，牵动人心的，只是旧情绪罢了。

而今的情景，将会成为明日的回忆，当下的秋，也会成为往后的牵挂。

可惜，乡间的小路没有了，树林消失了，小河不存在了，童年过去了，叮嘱的长辈也不在了。

我怅望江面，视线随着满载的货船远去，直至有些模糊。

怅然和感伤，在秋日的黄昏愈积愈浓，最终弥漫在茫茫夜色。

原来，故乡的秋，永远留在了记忆深处。

四　黑色的秋

天空的乌云舒卷开，黑压压的天空落下灰色雨丝。不知不觉间寒意渗透进肌肤。黑色的天幕无边无际，背景严肃且深刻，色彩斑斓充满了虚情假意，谄媚而世俗，谁能躲开这黑色巨幕的降临——一切都会尘埃落定，被黑暗吞噬。

寒冷常用白色来表达，严冬时分，雨丝会变成雪花，漫天飞来，天地白茫茫一片。

黑和白，是婚礼和丧礼的色彩：新生和死亡，欢愉但严肃，热烈而残酷，欣喜并悲伤。黑色的眸，苍白的眼神，白的躯体，黯黑的灵魂。无论取舍，坦然离别，不计得失，最终都会继续前行，行走在白色的风尘，消逝在黑色的暮光里。

五　青年路

青年路，印象里乡间的第一条石子路，建成于1993年左右。在此之前，向下的路都是泥泞不堪。

路南是上滩，路北是下滩。

下滩是苏北移民，上滩是原住民。两边的文化隔阂甚至矛盾不知始于何时，世代相传，止于下滩物理概念的消失。

如今，上滩部分村落民居仍在，零零碎碎，格外孤独。下滩杂草丛生，竖立着生锈的烟囱和锅炉，稀稀疏疏。

缓缓往西，一边是陵园，一边是废墟。

天光清淡，秋意渐浓，鸟雀高飞。

车越行越慢，心越来越沉。

原来，青年路牵系的，是全部的旧时光。

一边是安眠的亲人，一边是遗失的故乡。

六　黄梅天

入梅的第三天，天色阴郁黯淡，初夏的燥倒是消退了，但在淫雨霏霏、凉风习习间却时不时觉出闷热。

旧时江南的黄梅天，无论是瓦房还是楼房，无一例外，家里户外四处湿答答的，走路也会打滑，并无积水，但是蕴含的水汽黏糊糊地带着一股霉味。尤其是楼梯间和厨房，黑湿的旮旯滋生绿茸茸的霉斑，仿佛夜晚噩梦中挑衅不止的绿毛怪。床单衣物也是黏黏的，很不舒服。一到出梅，家家户户忙着晾晒，阳光照射下按捺不住喜悦之情，仿佛受够了这鬼天气。

去了北方几年，这种记忆便淡却了。

再去国外辗转数年，回来连老房子都已成了废墟，记忆里那些梅雨天带来的烦恼，荡然无存，四处是柏油马路，搬离乡村的人们东西四散。

幸有雨后青葱挺拔的水杉，浓稠翠绿的丹桂，闲适安逸的睡莲，还有孱弱着吐出素白花蕊和芬芳的栀子花，一起演绎从江南旧梦里醒来的黄梅天。

七　乡野

天是魔幻的蓝，草是滴翠的绿。油菜花开满晴空，芦苇布满江岸，星星点点的野花点缀滩涂。荒野之下，一艘破旧不堪的老船搁浅着，守望这番荣枯轮回。

八　蒲苇

持续的高温累积成漫长的煎熬。人生的境遇或许大多如此：除了忍耐和等待，别无他选。

霞光漫天的清晨，在河边采下一捧蒲棒(本地方言：蒲芦子)，准备暴晒之后驱蚊用。

童年的回忆里，蒲芦子是夏夜标配。那时没有空调，鲜有电扇，经常跳闸断电，蚊香也要走一段路去小店买，蒲芦子便成了驱蚊的天然武器。每到夏夜，尤其热得不透风的时候，村里人手中摇着蒲扇，穿着拖鞋，或四处串门寻阴凉，或拎个小板凳坐一堆乘凉，唠叨几句家常，闲话一下邻里。这时孩童们便拿出晒干的蒲芦子，点着了拿手里四处跑。

黑夜笼罩乡村，头顶是寂寥的月、稀疏的星，路上是跳跃的、暗红的光，浓烈的烟扑鼻而来，偶尔有骑着自行车走夜路的碰到故不闪让的顽童，呵斥几句也不顶用，运气差的躲闪不及就摔进路边的芋头田里，弄得一身泥浆，夜空里响起骂骂咧咧的声音和顽童四处逃窜的欢声笑语。

夜深人静，弯月下沉，树头摇摆，晚风透凉，村民三三两两地打着哈欠散去了，村子睡意蒙眬，蒲芦子也燃尽了。

点起一根晒干的蒲芦子，使劲地闻着干涩的烟，瞬间仿佛嗅到了乡野的味道，打捞出些许童年的记忆。

九　中秋

秋凉如水漫灌，蟋蟀叫个不停。布谷鸟的声音回响在钢筋水泥的森林里，芒种时分的生动嘹亮已成此刻的暮气横秋，散漫里透出苍老，哀怨中带着疲惫。

肤浅的水塘倒映着无精打采的垂柳和无动于衷的桂树，故作神秘及深邃。路边是油亮光滑的冬青树，水中有故作清高的睡莲，还有几只人造的丹顶鹤，假装在顾影自怜。落单的蚂蚁丈量着破旧的木桥，自认为另辟蹊径，最终亦随波逐流。

眼前的景看久了会模糊成幻象。正如这崎岖的木桥和人造的池塘。

光线、温度和色彩，孰能表述时间和季节。声音、图像和意念，孰能铭记友情和亲情。

一阵秋风刮起，心头涌起莫名的悲伤。

十　夏雨

下了一夜的雨。雨声相伴，夜沉梦深。

初夏的雨，酣畅淋漓，水花溅舞。百鸟倦息，隐匿沉寂。树林氤氲，空气清新。曲径通幽，池塘丰盈，静水流深，落叶飘零。

雨中水杉挺拔，杨柳稠密，朴树伟岸，香樟繁盛。风吹石榴羞红，橘子结果，杨梅青涩，枇杷渐黄。

雨小了些，鸟鸣渐起。

这滴滴答答缠绵不绝的，是天与地的私语吧。

十一　夜雨

午夜天空下起了雨。雨水不紧不慢地，透过明暗相间的夜幕滑落下来，落在草丛里、树木中、石板间、木桥上，发出不同的声响，仿若午夜的浅吟低唱。

起初雨落得尘土飞扬，末了雨把尘土收拾殆尽。起初雨润湿大地，冰凉透心，久之却抚慰万物，温暖如昨。

路灯下，丝雨分外妖娆。暗黑里，草木恣意疯长。冥念中，蛙鸣此起彼伏。

夜归的人一闪而过，唱出几句晦涩难懂的歌谣，如记忆中的昙花一现，湮没在寂静的夜。

十二　初夏

夜色褪得格外麻利，四点多天就透亮了。

植物疯长了段时间，已有郁郁葱葱的模样，差点能盖住楼房的边边角角。

石榴树的叶子盖过花朵，隐匿起红装。灰喜鹊扑扑翅膀，继续叽叽喳喳。布谷鸟慢条斯理，是对麦田痴情的呼唤。石头缝隙冒出几束吊兰，布满青苔的河堤爬过几只蚂蚁，肥硕的金鱼慵懒地游弋，抖动起一丝涟漪。平淡无奇的清晨，却有些神秘的气氛。

光线迫不及待地穿透树林，树影投射在墨绿的池塘，鸟鸣声却渐渐消停了。

十三　黑暗

清晨四点多醒来，窗外的夜黑得如此深沉，没有一丝黎明的迹象，空气里弥漫着黑暗、压抑、恐惧。

月亮丝毫没有隐去的迹象，悬于半空，孤傲冷漠，透着一丝清寒。夜莺仿佛要用婉转的歌声融化无边的黑暗，召唤隐匿在地平线下的太阳。它的歌声成了黎明前坚持不懈的独奏，直至各种鸟鸣响起，终于形成了一曲此起彼伏的交响乐，甚至构成了黎明到来前时波澜壮阔的仪式感。

天幕的黑终究淡化，褪成了深郁的蓝，东方渐渐亮起鱼肚白，西边的蓝渐渐明亮，鸟儿的啼鸣却渐渐低沉，直至消匿，隐在亮起的人间灯火里。

十四　严寒

1

枯槁的枝，是树在寒冬里仅存的尊严。白天它们输送着光热，让树苟延残喘。它们历经风霜，粗糙不堪，纵横交错，屡乱如麻，竭尽全力向上蔓延，无声的呐喊略显悲壮。黯淡的暮光终将退去，一番无力的挣扎后，它们被黑夜俘虏，被猩红浓郁的夜色吞噬，成了夜的毛细血管，黑暗和恐惧，一齐向大地侵入。

冰冷的雨滴，分明是黑夜假惺惺的泪，夹着伪善的冷风，藏匿在夜色里，突然袭来。

无处遁逃的倦鸟，惊恐后忘记了归来的路，仅剩空巢，悬于绝望的枝头。

2

这个城市的黄昏悄然隐退，零星的灯火寂寥地亮起。

夕阳的余晖从金色淡褪为橙黄，蓝灰色的天幕愈发高冷，笼罩大地的时候被暮色消融，合成黯淡的白光。这天寒地冻的片刻，冷漠无情的瞬间。

十五　梦

凌晨四点从梦中醒来，梦中的场景只剩碎片，天高云淡的校园，紫色的花树开满晴空，随风摇动。

秋虫啾啾，流水淙淙。早秋的晨，空气湿漉，浸了丝丝缕缕的桂花香，淡雅得若隐若现，待你决心去寻觅的刹那，却早无影踪，恰若梦境的片段。

布谷鸟的叫声从远处传来，仿佛是想击穿夜色，黑暗渐渐消退，晨光渐渐来临。丛林之间，是娇艳的花；残荷之下，是沉睡的鱼。

拂晓之际，天下起了雨，不紧不慢地在水面泛起涟漪，过了一阵雨又似乎停了，泛起阵阵涟漪的，是嬉戏的鱼。

十六　夏雨

几声沉闷的雷声之后，便开始下暴雨，先是恣意欢畅噼里啪啦下一通，再成滴滴答答的大雨，最后变成绵绵不绝，细雨连连。

今年的雨期，算来已格外长了。

天色不再深郁，透出一丝微光，墨蓝色沾染了一团灰，灰在慢慢变淡变轻，远处池塘的蛙声慢慢收敛，偶尔一两声布谷鸟叫，让气氛多了一丝诡异。

雨声渐低渐沉，叽叽喳喳的鸟鸣聒噪起来。仿佛这清晨的暴雨只是序曲，蛙鸟虫兽才是交响乐的演奏者。

晨光越来越亮，雨又渐渐大了起来，似乎指挥着世间万物，翻开下一乐章。

十七　端午

天色拂晓，清晨静坐于池塘边，良久。夏初万物生长，鸟鸣唧唧，鱼翔浅底，莲叶田田。偶尔一两声布谷鸟叫，格外孤独寂寥。偶见菖蒲，恰寓驱毒辟邪。今日端午，只佑家国平安，友人安康。

十八　初秋

1

丝雨如稠密的网，落自阴灰的天，归于沉默的地，伴着秋凉飘摇漫舞，茫茫无边。

河面散落着残余的菱叶，微波荡漾，水纹点点，远处垂钓的人端坐，仿佛一尊蜡像。

暴虐的高温致使季节无常，初秋的多彩斑驳毫无踪影，八月的桂树无动于衷，月圆时刻遥不可及。

两只觅食的雏鹬游来游去，漫不经心却也与世无争。偶尔飞起的是白鹭，抖动修长的翅膀，舒展修长健美的身躯，盘旋一阵后停在摇摆的枝头栖息，仿佛顿时陷入沉思。

往事如蛛网，看似通透却层层缠结，看似消解却久久未散，看似虚无却缜密难解。

冷不丁儿地，一只松鼠慌忙跑过，钻进了杂乱无章的芦苇丛中。

2

几声沉闷的雷之后，开始下起了雨，雨越下越大，河面的水花跳跃得欢快。高温褪去，久旱的大地经历润泽，龟裂的伤口愈合，魑魅魍魉散去，万物重现生机。一只机灵的麻雀俯冲到水面，盘旋一圈再飞回柳枝梢上。两个憨憨的雏鹬游弋在河面，时不时扎个猛子下水捕食，一无所获后浮回水面，抖抖水花继续前行。苦夏过后的柳树早已疲惫不堪，颓势既定，毫无眷恋，稍有风吹草动柳叶便暗自凋零。

远处的乌云卷来，天色愈加阴暗，昔日恣意狂妄的太阳不见了踪影，任由释放一场通透的雨，慰藉备受煎熬的生灵。

十九　苦夏

农历处暑，暑气毫无消停的迹象，空气凝滞，闷热得令人窒息，似乎大部分苦痛只能忍受漫长的煎熬。无精打采的小河水草丛生，泛出水面透气的鱼带起阵阵涟漪，权作强颜欢笑。雨水绝迹多日，焦黄的枯叶随处可见，四处隐藏的蛐蛐哼个不停，干涸的泥土供养着求生的瓜果。秋凉成了奢侈的期盼，风雨注定是永久的记忆。

二十　黄昏

纯粹的天幕没有半缕云，平静的水面毫无一丝纹，水天映衬彼此，包罗万千气象，心照不宣。天色慢慢暗下来，时间的刻度似乎失灵了，不知过了多久，夕阳的余晖从绯红到橙黄，愈发浓郁，逐渐黯淡，直至和暗黑的天色融为一体，远处的几声狗吠暗示着黑夜将至。一只慌乱的野鸭扑腾出去，溅起一摊水花。

二十一　冬

冰凉的雨落了几天，毫无消停的意思，河面笼罩着迷离的雾，凄厉的风吹得水面起了皱褶，空气里四处弥漫着寒气，寒冷扑灭了残存的焦躁，万物开始清醒。

黄昏一过，天色就暗了下来，黑暗吞噬了光亮，虚无替代了真实，远处的灯火让夜色恍惚起来。

柳树掉光了叶子，只剩干枯的枝丫，卑微地垂下身段，摇曳着最后的倔强。彼岸烟花绽放的刹那，正当夜深人归，气温暖若早春，烟雨迷离，水波荡漾，暖如心潮。

严寒来临前，夜色掩饰下，一切不过是平和温柔的假象。待夜色褪去，天阴得深不可测，风变本加厉，已然充当了季节的打手，颐指气使地掀起波澜，随心所欲地煽起纹浪，干枯的芦苇竭力摆动苍老的躯干，惊慌失措的麻雀急速飞过。

岁末的芸芸众生，林林总总，竟被风刮得印象模糊了。

二十二　晨昏

满天云霞，绚丽得竟有些错觉，分不清是清晨，还是某年某日的黄昏。水汽凝聚成云，隐匿的太阳散发光芒，太阳的转移变换透过云层，映射出斑斓的霞光。黄昏的眷恋，意味着黑夜的来临，清晨的期待，源自光明的重现。时空循环往复，区别不过是心境。

天幕越来越亮，云霞愈发显出绯红，孤星隐匿。两只云雀飞过柳梢，瞬间不见了踪影。

朴树长出清秀的叶子，望月而生，沉默的黄鹂站在柳枝头，苍老的石榴笑开了嘴，却不知所云。

某个黄昏，群鸟掠过天空追向浮云，一只疲惫的鹈鹕缩着脖子，随波逐流。

夜幕降临后，世界回归真实。没有虚情假意的五彩斑斓，漆黑的底色包罗万象众生，往事久远，情节模糊恰似泪光点点。月亮穿透云彩，散出洁白的光。夜风微醺，垂柳微颦，一切恰到好处。言语苍白如星光黯淡，寒意泛滥盖过情绪万千，夜曲缠绵，渐低渐沉，最终消逝在无边夜色。

二十三　丝雨

窸窸窣窣地，一滴两滴，雨划过天空掉落下来，渐渐密集，冰凉透骨。

冰凉的液体从天而降，慰藉干枯焦虑的树木，浇灭盲从的热情与不切实际的理想。树叶开始枯黄，植物停止生长。

气温骤降后的秋夜，垂柳纹丝不动但思绪万千，虫鸣倦怠乏力却撕心裂肺，天边一轮朦胧的月，在灰暗的云雾里若隐若现，渐渐黯淡销蚀，仿佛一场阴谋，百般掩饰曾经出现过。

在黑夜的丝雨中，在煽情的秋风里，万物陷入了不可自拔的情感旋涡。

二十四　冷

气温终于坠落到深秋该有的样子，乌云漫天，是望不尽的阴灰，仿若解不开的心结。寒潮在阴霾的天空下蔓延流窜，扑面而来的寒冷，令人不免打起寒战，这是大自然直接透彻的表达，冷得让人清醒、反思、顿悟，世界回归到本应有的沉静、单调、灰白且荒芜。

平日里貌不惊人的木芙蓉，在这无聊的灰色世界注定格格不入，明艳的粉色花朵在枝头轻轻摇摆，恰似一部怀旧电影，讲述往日时光的多彩。白鹭展翅滑翔般飞过，孤单的身影划出绝美的轮廓。

突然下起了雨，是冰凉透骨的寒。

二十五　暗

茫茫一片黑暗，曙光成了世间最久远的期盼。万物沉寂如屏气凝神，等待光亮将这漫无边际的暗黑逐渐消融。霞光被浓云裹挟，孱弱无力，黯淡无光。时间却像把倾倒的巨壶，水汩汩地流出，不知何时能流尽见底。

大地一番艰难挣扎，换来孱弱的微光，光明若隐若现，万物显现轮廓，仿佛胜利就在前方，然而事实并非如此，依旧暗得压抑，黑得透不过气。这便是等待的煎熬，甚至是折磨。

在窒息般黑暗中的那股力量从未屈服，隐忍蓄势从不消息，只为撕开黑暗的一道口子。终于，不经意间晨曦微现，黎明将至，世间的真相愈来愈近。

暗处，藏在枝头的乌鸦传来一声凄惨绵长的啼叫，黑夜仿佛惶恐不安地加速褪去了。

二十六　柠檬

买来两株柠檬已有一年多，扔在外面并未刻意养护，日晒雨淋。它们默默无闻，深绿的树叶平淡无奇，却不断结出柠檬，果实憋足了劲地长，累累硕果悬挂在枝头，朴实的柠檬树此刻难以掩饰丰收的喜悦。

连绵的秋雨过后，柠檬长出新绿的嫩叶，层层叠叠，淡淡粉紫色的花苞肉鼓鼓地，团团簇拥，吸收了充分的雨水后，柠檬开出奶白的花瓣，三两只蜜蜂盘旋在明黄的花蕊上。若隐若现的一丝清香，几乎难以察觉。

天色暗淡了好久，这簇素白的柠檬花，默默增添了一丝光亮，伴着雨凉，滋润心田。

二十七　芭蕉

屋后和西侧种满了芭蕉，它们茁壮挺拔，一叶舒展一叶又生。入夜后，秋雨迷离不绝，雨水滑过厚实的芭蕉叶，许久才滴落，仿若低眉凝泪，若有所思。

雨打芭蕉，声声入耳，如江南的戏台上，青衫红袖舞动时落寞的眼神；如南国夜雨里，红烛隐去时情人的眷恋。它们在盛唐的诗里丰盈，在宋词中消瘦，在元曲里惆怅，风雨里摇曳的芭蕉，流露了义士的愤然，默念着思念的苦，讲述了离别的殇。

芭蕉不过是读懂了秋雨淅沥中的哀怨，它们黯淡的身影后，是笛声浅慢，古琴悠扬。

二十八　柳树

河边有棵柳树，貌不惊人，一年到头临河守候，像个老实巴交的庄稼人，一辈子转不出村子，也偶尔被冷落甚至嫌弃，不会四季常青，落叶不断还会弄脏了地。

漫长的冬天过后，冰雪融化，大地回春，柳树抽出了长条，柳条长出了灰白的苞，毛茸茸的一团，随着气温回升，柳枝冒出嫩绿的芽，用不了半个月，翠绿就爬满了树梢。河边的迎春花簇拥着河床，浓绿的枝条上长满黄艳艳的迎春花。柳树迎来了最美的时光，柳枝的身段修长曼妙，临空盛放，随风轻摆，它和迎春花一道，成了春的序章。待到柳叶长得饱满，满树碧绿的时候，翠黄的油菜花开满了田野，粉色的桃花盛开了，洁白的梨花绽放了，柳树引领了季节的繁荣，引发了春的合奏。严寒的漫长折磨，长久的苦闷压抑，被万条绿丝的柳树慢慢治愈。

夏季，炙热的太阳像个暴君，持续的高压和偏执的高温让年富力强、充满期待的柳树感觉疲乏，万物慑于淫威皆已失语，耷拉着脑袋无精打采，柳枝的异见无人响应，也开始灰心丧气，终日沉默寡言，叶子黯然无光。知了如市井的小贩叫个不停，蝉似怨妇扯着嗓子叫唤了整个夏天。只有在月朗星稀的夏夜，柳枝随风轻摆，自在如河面的微波，哪怕是偏安一隅的欢愉，也让柳树充满感动。在暴雨如注的时候，柳树才能喘口气，开始自由呼吸，畅快淋漓地接纳雨水的慰藉。柳树与这条河各有心事，只是没有机会道破，只有在漫长的雨夜，雨水如回忆泛滥的时候，才各自卸下伪装，互诉衷肠，自天而降的雨，零零散散地打到柳树，挂在柳梢上，风一吹，洋洋洒洒地掉落到河里，泛起一阵水花，随即沉入河底，如同秘密般尘封起来。

入秋后，高温退去，柳树多了几分禅定，柳叶渐黄，偶有暗自飘零。白鹭穿越晨间的雾气，优雅地滑翔而过的时候，柳树立即轻摇致意，仿佛投去赞美的注目礼。秋夜，河里的月亮承载了柳树的丰富记忆和无处安放的情绪。思念如风，刮去记忆深处的沙砾。月影稀疏，柳条轻舞，河面的月光泛起了皱褶。这或许是柳树最好的时光，成熟睿智，包容万象，冷暖自知，似竹傲气挺拔，似菊淡然美好，如茶清香彻悟，如酒醇美甘甜。

冬季里，大地沉寂，万物萧条。柳树被黑黢黢的无情的寒冷袭击，树干如同老农黑沉的脸，全身挂着光秃秃的枝条，枯死的树枝不断掉落，生命脆弱不堪，回天乏术。蝉褪下的壳体留在了树干上，成了风干的回忆。歹毒的蜘蛛织下一幅巨大的丝网，仿佛下了毒咒。气温不断地下降，冰霜恣意，芦苇也枯成了标本，在凛冽的风中瑟瑟发抖，不景气的光年，鸦雀无声。黄昏的天空，顿时飘起了灰白的雪，掉入平静的河里，无声胜有声，熬过寒冬成了万物的共识。

而如今，眼前的这棵柳树病了，黑乎乎的树皮四处皴裂，乘虚而入的虫蚁四处滋生，它们吞噬柳树的躯干，让其千疮百孔。柳树饱经风霜后，柳枝日渐消瘦稀疏。

在轰然倒塌之前，抬头是漫天席卷的云，俯首是波澜四起的河，这棵平凡一生老实巴交的柳树只能默念着平安，眷恋着大地，回顾着四季流年。

二十九　水仙

1

天色阴沉晦暗，似乎不愿醒来，雨雾氤氲，于楼宇树木间缠绕升腾，鸟雀争鸣，时高时低，不绝于耳，一切都是真实和虚幻的交织渗透，若不是日历写着12月30日，真有种错觉，仿若温润的四月天。

回眸发觉，数周之前随手在超市买回的水仙，居然开了。

素白的根茎，从密的绿叶间，吐出两朵纯白的花，花瓣对称地盛开出六片，明黄的花冠里是几戳花蕊。凑近之后，隐约有清香扑鼻，闭目深呼吸，香气才沁入肺腑。

没有妖艳炫目，没有香气袭人，一丝高冷，

是不媚俗；一缕淡香，是不张扬。端庄优雅，素净可人，淡泊志远，水仙之美，存在数日，便独自凋零。那一丝若隐若现的芬芳馥郁，仿若眼前的雾，缠绕升腾在记忆深处。

年幼时分的冬天格外冷，每年客厅后面靠墙的水泥台架上都有几盆水仙，盆里还会放些鹅卵石，每到水仙绽放时便会凑上去使劲嗅嗅。

记忆越来越少，越来越模糊。但每到秋去冬来，都会随手买回一两盆水仙。

作于2017年12月

2

从未婀娜多姿，何必争妍斗艳。

在薄情里深情地存活，在混浊中孱弱地绽放。

清白瓣，明黄蕊。

清幽香，淡雅味。

一丝飘逸，半分醉。

作于2018年12月

3

每年冬天，都会买来几盆水仙，也说不清缘由。今年的冬天格外漫长。或因这场突如其来的疫情，直到二月末，才想起忘了些什么。

买回来的水仙起初总是有些其貌不扬，甚至有些丑陋，它们就在角落里待着，靠着点水，和断断续续的阳光，熬过那些寒冷和冷落。

突然有一天，它们绽放在你面前：清清爽爽，朴素洁白。谈不上艳惊四座，却也丝毫不俗。从平凡的球茎长出绿肥结实的叶子，从花苞中吐出六片孱弱素白的花瓣，明黄的花冠明媚动人，花蕊里团着三株深黄的花粉，散发出清幽淡雅的香味，沁人心肺，令人沉醉。

这时往往会再回顾那些日子。

那段期待，沉默，等待，守候，焦虑，困惑，彷徨，甚至怀疑的时光。

水仙永远沉默。

或许，我一直在试图找它的花语罢了。

作于2020年3月

4

你终究悄然无声地绽放了，在这最寒冷的夜。

漆黑的夜，黯淡的光，冰冷刺骨的水，漫长的煎熬。你用尽浑身的力气，孱弱地吐出花蕊，早已满脸疲惫。

谦卑的低头，是不竞妖娆，高冷的身段，是不屑媚俗，皎洁的脸庞，似乎写满风霜，柔弱的馨香，明明流着忧伤。

这缕清新柔弱的香，透过寒冷潮湿的空气，若隐若现，淡得令人怀疑，雅得如此真实，屏气凝神地凑近后，分明觉出沁人心脾的甜馨，楚楚动人的别致，直击灵魂的纯洁。

每年入冬，我会照旧买来水仙的种球，剥去霉变的表皮，放在花盆里，倒上水，便开始等。

看它们吐出柔黄的芽，冒出黄绿的叶，长出白色的根。脱掉陈旧的外衣后，叶子开始疯长，数周的漫长等待，才默默长出花苞。

水仙的花语，似乎一直是个谜，没有确切的答案。

或是美好，仙逸灵动。或是希望，翘首以盼。或是信念，坚定不移。或是坚强，百折不摧。或是守候，不离不弃。

数年之后，在水仙绽放的瞬间，我竟没有了惊喜。

或是学会了沉默和等待吧。

作于2021年1月8日

5

其根卑微丑陋，生于贫土，长于寒水。

其叶清白朴素，茂而不扬，刚正不阿。

其花内敛含蓄，清奇雅致，不媚不艳。

其香淡幽空灵，恬静高洁，馨甜隽永。

其志宁静坚韧，飘逸脱俗，淡泊高远。

作于2021年1月9日

6

阴沉了好几天，空气里是稀薄的霾，头顶上是深灰不见底的天，西北风一直没有刮起来，气温也没有陡降。

走进办公室，发现水仙开了。

每年临近岁末，似乎有着莫名的约定，早早地买回一堆种球，找出角落的花盆，剥掉枯黄的外皮，倒点水丢在一边。用不了几天，它们就冒出黄绿的芽，再过段时间，就正儿八经地长出叶子，半个月后，叶子就蹿到了筷子长。其貌不扬的种球仅靠着点水，长出这片浓绿茁壮，究竟蕴含了多少养分。

直到几个花苞探出头，才开始有期待。而它们从来不会谄媚地卖弄，随着平淡无奇的日子，慢慢地，让你淡忘了它们。

在某个平静的清晨，它们突然绽放在你的眼前。回头想，它们在一个又一个寒冷的夜里暗中蓄势，从来没有停息过努力。

六片对称的花瓣，白得素雅柔弱，却发出丝绢般的光泽，明黄的花冠围成一圈，三团浓黄的花粉烘托出花蕊。这初来乍到的凌波仙子，娇弱无力却努力绽放，凑近了闻，才能捕捉到一丝若隐若现的馨香。它隽秀冷傲，从不媚俗，持续数天后，散尽最后一丝香味，暗自凋零。

在漫长的灰蒙蒙的冬天里，压抑得几乎停滞的空气中，终于有了一丝令人愉悦的味道，不期而遇。

作于2021年冬

7

晚秋的时候买来一堆水仙根球，剥掉沾满泥巴的外皮，倒点水养了起来。

等待是漫长的，既然种下希望，就需忍受等待之苦。痛苦源自期待，期盼源自根尘之念。

忍受注定是场修行：酷暑的炙热是煎熬，严冬的寒冻是难耐，烈日骄纵狂傲的灼热，寒风的颐指气使，我们常常无法逃避外部的极端变化，不分老幼，无论贵贱，只能被迫在等待中穿越迷茫不安，在等待里熬来自由和一切不合理的毁灭，哪怕最后用血肉之躯来抵挡秩序重建的剧烈冲击。

有些人倒下了，没能熬到拨云见日，告别成了岁末伤感沉重的旋律。辞旧，却不知迎来何样的新，一切是不确定的未来，怎会没有惶恐。

岁末，整年的奔波劳作渐渐停息。清晨，昨夜的觥筹交错偃旗息鼓，满目萧瑟。雪花从天而降，洋洋洒洒，一静一动，让沉闷的冬天生动起来。

推开久未登临的阁楼书房门，一片浓绿中，瞥到了一两株素白，内心涌起欣喜来，水仙开花了。

在漫无边际的等待中，我们变得迟钝无力麻

木，有时忘了为何而等待。它靠着最基本的水生存，蓄力生根发芽长叶，依赖朴素的信念支撑，忍受着漠视和淡忘，在绽放的时刻，证明了存在的价值。

不期而遇的绽放，激起内心的波澜。低身凑近，洁白的花瓣衬托淡黄的花蕊，俯首低身，毫无卑亢，举手投足，唯有优雅。平凡却高贵，傲气又近人。

屏气凝神，一缕淡雅的馨香扑鼻而来，淡得简直难以捕获，这股孱弱却有力的香，却能穿透近乎麻木的嗅觉，直击内心，安抚灵魂，仿佛冲去所有的苦恼，关于时间的等待，人性的善恶，生命的意义。

水仙开了，别来无恙。素洁中流露高雅的白，馨香里透着淡幽的甜，凌波且不乱怀，仙气飘逸自在，平凡却动人心弦。忘岁月蹉跎，静观风雨晴和，抛名利缰锁，唯自由而绽放，短暂却永恒。

作于2023年1月

8

水仙开了。

几个月前，剥去种球沾满泥土的外皮，放在了花盆里，倒上水。过了段时间，种球吸收了水里的养分，变得健硕有力，吐出苗，再长成叶子，叶子越长越高，愈发茁壮，两个多月后，才冒出花苞，再经过数日的等待，在你忘记它的时候，冷不丁儿地绽放在面前。

水仙的绽放，永远带给人惊喜，一是等待如此漫长；二是不期而遇，猛然发现，一朵洁白高雅的花凌波绽放，淡幽的清香在空气里隐约浮现。

它一青二素白，奶白的球茎清贫于水中，质朴而纯洁，从此用尽毕生的力气生长，翠绿浓密的叶间，开出仙气飘飘的花朵，六片椭圆的花瓣丝绸般的质地，闪耀着活力四射的光，如身着白色连衣裙的六位少女舞动裙摆，明黄的花冠如同舞者托起的皇冠，亮黄的花蕊散发出神秘的花香，浓郁却飘忽，如一见钟情般的遇见，炽热的情愫瞬间迸发并缠绕心田，却难以捉摸，永远遥不可及，最后，剩下的只有回忆。

世间的美好，无非于此。

作于2024年1月

三十　瑞香

去年秋天，我从超市带回一盆香气四溢的瑞香，盆栽的造型工整得残酷，便解开缠绕树枝的铁丝，花季过后，就由它待在阳台角落，时常忘了浇水。

这株貌不惊人的瑞香熬过寒冬腊月，酷暑烈日，叶子稀稀落落，萎靡不振，甚至有些焦枯丑陋。

阴霾满天的午后，远处的人声、犬吠、鸣笛混成一股喧嚣传来，在阳台几杯茶的功夫，隐约间闻到了那熟悉的花香。

它又悄然绽放了。小巧玲珑，粉的花朵掺了些紫，朴实端庄，淡雅秀丽，收敛含蓄地散发出神秘、浓郁的香。

四季轮回，草木荣枯。

这多变的秋，竟也写满离合悲欢。

三十一　栀子花

五月的江南，记忆总和栀子花有关。

河边总会有那么一两株，并不起眼，深深浅浅的叶子，在争芳斗艳的季节毫不起眼。

到了春夏之交，几场雷雨之后，就冒出了几个素白带绿的花骨朵儿。几天后，便开始盛开，绽放。再过几天，暗自枯黄，凋谢。

栀子花的香，说其浓郁倒不至于，但远不止清香，是香得恰到好处。扑鼻而来，却沁人肺腑，仿佛要让你记住，是渐进却又持续，是含蓄却又深沉，是偶遇却又一见钟情。

凑近去闻，它幽淡自如，远离几步，却撩人心弦。

栀子花的白，素雅端庄，秀丽脱俗，恰似江南女子，小家碧玉，油布伞红头绳，无须粉饰红装，天然雕饰。

每到这个季节，我看着含苞待放的栀子花，心里充满了期待，及小心翼翼的回忆。仿佛在平淡、持续却浓烈的栀子花香里，和消失的老宅，时光，故乡的短暂偶遇。

三十二　紫薇

去年夏天，种了一棵紫薇。苗圃大叔特意将它的叶子撸掉，将枝修剪成浑圆形，树干光秃秃没有树皮，枝丫光秃秃没有叶子，像只被扒了皮的田鸡，站在黄土中间简直有些丑陋。

冬去春来，万物生长的季节，它却没有任何动静，让人怀疑已经枯死了。我心有不甘一直等到晚春，才见树枝冒出一点暗淡的绿芽，夹着暗红色，绝望之后的希望是最珍贵的，日复一日地看着，它却不紧不慢地生长，暗绿色的叶子开始稠密起来，入夏之后，整棵看起来算是像个样子。几场通透的暴雨过后，叶子开始疯长，树形日渐圆润了，绿色的叶子中间长出嫩绿的花蕊，台风过境的时候，暴雨击落了花苞，然而过了几天，看到枝头重新长出了密密麻麻的花苞，仿佛是赴一场倔强的约。

盛夏时节，紫薇绽放了，起初是一两朵，藏在树叶缝隙里，几天后便是成片的粉色，艳惊四座。

天越蓝，紫薇越发显得红，它就这样淳朴自然地长在粗壮无皮的树干上，盛开在朴素浓密的绿叶间，彰显恰到好处的娇艳，没有香味，却满是芬芳。

三十三　菱

河里长出一摊菱。

每年盛夏，河面先是冒出一垛，仅两三片叶子浮在水面，半个月左右的时间，菱叶就覆盖了小半个河，菱形的叶子厚绿发亮，它们汲取的养分来自其貌不扬的根，根植于河里的淤泥，贫瘠朴素如记忆里村子的气质：里里外外没有装饰，高矮不等的泥巴墙，丑陋的洋槐树，四处可见的马蜂窝，如同村里的人，繁衍生息，夏去冬来，花落花开，自生自灭。

河是江南水乡的灵气所聚，菱是河的魂牵梦绕。菱叶茁壮地生长，努力开出素白的小花，花儿谦卑得似乎要将自己隐藏，像是村里年轻人晦涩的爱情。又过了一阵子，花消失不见的时候，菱叶的茎长出菱角，菱角长到拇指大小，菱叶开始有些翻卷，剥开红绿不一的外壳，露出腰形的菱肉，淡紫色的外皮里是乳白的菱肉，咬一口十分清脆甘甜，仿佛凝聚了河水的甘洌。

农贸菜市，几个老妪蜷缩在一角，手里忙活不停的便是剥开菱角的壳，将菱肉扔进竹篮，碰到有主顾，她们的眼神顿时明亮起来，闪烁着对生计的盼头。农妇无须多余的解释，本乡人都知道这食材取之自然，应季的鲜货，且物美价廉。

立秋过后，高温还没散去，天瓦蓝明亮，浮云游离不停，河映着对岸的树，环拥着这摊菱，陷入了无尽遐思。

三十四　蜡梅

昨夜，蜡梅绽放了。暗香浮动，扑鼻而来，一种不期而遇的美，在平淡的夜色中如此惊艳。

去年初，花落叶败后重新蓄力，于春季萌芽，夏季枝繁叶茂，秋季叶黄凋零，如此默默地等待了一整年。

前些日子，灰蒙蒙的天空飘起鹅毛大雪，雪越下越大，越积越厚，渐渐地，马路和田野被大雪覆盖，天地一色，浩瀚莽莽。天寒地冻间，蜡梅孕育出满树花蕾，树株间满是鹅黄的蜡梅，远远望去，黄灿灿的一团，成了白雪皑皑中唯一的亮色。

清晨，浓霜布满河滩，芦苇枯萎成片，树枝挂满冰碴，喜鹊于半空盘旋，空气纯净而清冽，凑近几朵蜡梅，明黄的花蕊藏在层层叠叠的花瓣间，朴素无华，毫不张扬，而浓郁、热情、奔放，馨甜的香味却冲击着嗅觉，令人难忘。

寒冬腊月，每个乡村不起眼的角落，都会有几株盛开的蜡梅。

第三章

行色匆匆

曲终人散时，
繁华落尽，
又是茫茫的人间夜色。

一　太平湖

1

黄昏时分的太平湖，被一种静谧的强大气场所笼罩。

此刻千秋功过烟消云散，荣辱成败不值一提，江山伟业不过这片山水。

光影有着魔术师般的手，色彩的选调只是信手拈来，水天之间的斑斓随意间就能被涂成一幅西洋油画，过几秒钟颜料凝固，这幅妙手偶得的佳作便可被装裱收藏。

夕阳奋不顾身地挣脱乌云的羁绊，一瞬间灼耀炫目，熠熠生辉，湖面波光粼粼，装扮着人间的渔歌唱晚。

这首生动缠绵的黄昏恋曲，仿若是一场歌剧，因为夕阳的闪耀登场到了华丽的高潮。而正当陶醉的片刻，夕阳，却悄然隐去了。

光线愈来愈暗，沉闷的空气开始流动，诡秘的妖风肆起，湖面蠢蠢欲动，透着一丝不安和焦躁，几次三番之后，慢慢归于了平静。

黑夜，终究是来临了。

2

忽然间闷雷滚滚，乌云密布，一道闪电从灰暗的云缝划出，一阵大雨疾速而来。倾泻的暴雨噼里啪啦地击打着湖面，湖面绽放起欢快的水花，仿若是天与湖的热恋，先是轰轰烈烈、惊天动地，再是雨急风大、涟漪不断，最后逐渐消停，从一阵缠绵纠葛，直到慢慢平息。

浓雾升腾不止，先是笼罩群山，随后淡散开来，在山脉之间盘旋回绕，逐渐散去时，一幅清新可人的水墨画卷，便慢慢展现开来。

3

天阴着，没有刺眼的光芒，没有灼人的热浪。柔和的光照着一面湖，静谧的湖映着一片天。早秋适宜的温度，清晨湿润的空气，一起调和、揉茓，才有了这片淡雅醉人的山色、湖光。

微风拂起，轻轻地撩拨湖的面颊，湖面零星地泛起转瞬即逝的白浪，算是矜持的回应。

眼前的山峰，此起彼伏，层峦叠翠，只有鬼斧神工的手，才能勾勒出如此丰富的层次，才能描绘出如此多变的色彩：近处浓密的艳绿滴着翠，稍远处的墨绿簇成团，远处的青黛大肆涂抹着，渐渐成了灰绿，再远处灰蒙蒙一片，令人目顾不暇、醉眼迷离，一时间竟不知是山脉，还是浓雾。

④

群山环绕之间，太平湖静静守望，宛若一位恬淡的女子，沉默不语。天空云舒云展，光影变幻，只在天边透出一丝微弱的霞光。三三两两的蜻蜓打破午后的沉闷，不知倦怠地追逐。黄昏慢慢来临，远处的倦鸟盘旋着，消失在虚虚实实的山脉。

二　天目湖

①

暮色渐浓，远山涂了一层灰白的雾霭。浓厚的云层盖住夕阳，湖面映射出柔和的光。晚风拂起的时候，水面开始生动俏皮起来，波光粼粼里跳跃着绚烂的色彩。乌云散去的刹那，晚霞亮透了半边天，映红了整片湖。

近山者仁，近水者智。山水之间的智与仁，静与灵，闪耀在霞光中渔民撒网的瞬间。

夜幕降临前，村子万物俱寂。

一只孤独的鹰在低空盘旋良久，直至被黑暗湮没。

2

云淡风轻的黎明，山村睁开惺忪的睡眼。青灰黯淡的天色下，空气里充满了温润的湿气，晨露润泽，万物吐故纳新，吐气扬眉。星光灿烂已成往事，一轮清淡的月当空而悬，静而不语，高不可及。

此刻满目青黛，尽望微澜，天地渐宽，心事渐远。鸟语蝉噪，雀跃燕舞，鸡鸣蛙叫，静谧的山水之间，藏着如此欢愉生动的乐章。

仰望山之高远，俯聆水之静深。远看山环水抱，近听水唱山吟，在这片湖光山色里，感受阴晴冷暖、四季轮回。

③

炎热从未散去，漫山遍野的树无一例外都无精打采地耷拉着头。万物沉寂，鸦雀无声，仿佛默认了骄阳的征服。日落黄昏后，天空布满了瑰丽绚烂的霞光，炽热若红唇，旖旎如诗画。大自然如变幻无常的魔术手，悄无声息地先将云间的清灰酿成鹅黄，再凝为赤橙，一番渲染之后，逐渐涂黑使之黯淡，最终一切溶于夜色，只剩下群山的脊梁，深深浅浅地勾勒出夜的轮廓。

④

凌晨已过，远处传来一声沉闷的雷声，恰如夏夜序曲，引出一段大自然的华丽乐章：瞬间山雷滚滚，此起彼伏，闪电交加，亮如白昼。暴雨哗哗倾注，湖面啪啪伴响，渐低渐沉之际，又一番电闪雷鸣，再奏响一段山与湖的狂想曲，如此反复循环，直至雨声渐低，山湖和鸣，如千古情话，娓娓道来，缠绵不绝。

清晨时分，天色泛出鱼肚白，云团飘移堆积，渐成掺了鹅蛋青的烟灰。丝雨成线，串起湖与天，波澜不断，水花群舞。

唯有群山不语。云雾缭绕间，烟雨蒙蒙时，与这片平静的湖默契相望，厮守万年。

5

阵雨过后，远山静谧安然，万树浓黛，近湖碧水如镜，微澜不惊。

天色渐晚，午后的瓦蓝通透演变成绸蓝浓郁，亮光隐匿后，天暗如烟灰。空气里透着几分沉闷，黑暗来临时，湖面若有若无的风夹着一丝诡秘。

夜幕垂落，天地归于平静，湖面漆黑深沉。隐匿在山林的鸟，传来断断续续的啼鸣，低沉、晦涩且哀怨，回荡一番，最终在夜色里消匿殆尽。

三　大溪水库

漫天飞舞的雪，奔脱阴沉无边的天，投向深邃冷峻的湖，模糊了远山的轮廓，装扮着枯黄的芦苇，覆盖了枝丫横陈的沼泽。

雪似琼花迷离，绵绵不绝。

一群飞鸟掠过寒天，几只喜鹊平地升腾，叽

喳喧噪之后，天归于平静，山重回幽寂，地落入苍茫，物始于萧瑟。

四　南山竹海

1

阳光终于透过山冈，照耀在林间枝头，秋色瞬间生动起来。

此刻竟鸦雀无声，银杏仿佛傲然接受了整个山林的注目礼，恣意地绽放着绚丽灿烂奔放的金黄，似乎注定要治愈深秋的孤楚。

凋零的是依稀往事，永生的是凝滞的静美。

2

无边的黑暗沉沉不退，黯淡的黎明姗姗来迟。

浅红的雾霭缓缓散去，远山的轮廓慢慢清晰。远眺是漫山遍野的斑驳，眼前是灿黄的银杏，冷艳绚丽。粗壮的水杉巍然耸立，满身的锈黄预示随之而来的萧瑟。

耳际无车马之喧，唯有山涧泉水叮咚悦耳，鸟鸣嘁嘁动听。空气清冽，落木无边。

顿觉，已是深秋。

五　金坛民宿

①

夜雨浸润的芭蕉叶时而雨滴滑落，绿翠灵动间透出一丝妩媚。端庄的银桂浓绿中开出星星点点的嫩黄，奔放地散出浓郁湿润甜馨的香。篱笆外的茶树平淡无奇散漫地生长。走近篱笆，却惊起一只栖息的白鹭。

断断续续地，雨又下落下来了。

②

傍晚空气里的紧迫压抑，被深夜里一场小雨消融。

飘忽不定的雨丝融在晚风里，扑面而来的是清冽的秋凉。

呼呼的风声，滴答的雨声，沙沙的竹林声，零星的犬吠，嘁嘁的虫鸣，愈发衬托出深夜的静。

桂花在雨后悄然绽放了，忽隐忽现的花香从黑暗里飘来，含蓄优雅且神秘。

雨瞬间停了，池塘的蛙声却渐渐聒噪起来。

③

秋日的光影变幻万千，霞光不遗余力地透过乌云，装扮着单调青灰的天，投射在围满篱笆的池塘，以及黄绿斑驳的草地。

天色渐暗，秋燥随风散去，空气里满是干草和泥土混杂的味道。远空一群大雁排成了人字形，不知去向何处。三三两两的喜鹊优雅地掠过，一群麻雀从竹林里扑出，抖着翅膀向夕阳而去。

山居的静谧至深，秋暝的韵味正浓。

六　月亮湖

昨临溪而居，听流水淙淙，夜观松间明月，耳闻石上清泉，无车马劳累，离尘世喧嚣。

简衣陋食，山野无涯。

七　桃花潭

①

驱车前往宣城，山路盘旋回绕，一路瓢泼大雨，倒也酣畅淋漓。抵达桃花潭后，乘起古朴简陋的竹筏，缓缓漂在湖上，抬头是光影变幻的天，眼前是淡妆浓抹的湖，远眺是朦胧氤氲的雾，近抚是碧波荡漾的水。雨渐细渐停，不知谁先谈起孩子上学，突然同行者大声呼叫，竟是一条鲤鱼跳上了竹筏……

诸君笑谈“鲤鱼跳龙门”后，均感饥肠辘辘，于是入乡随俗，两斤多重的鲤鱼按照当地口味成了盘中美食。

真是“桃花潭水深千尺，不及老天送鲤鱼”。

②

历史不知何时起悄然凝固，名门望族的宗祠突然破落，盛气凌人的神兽瞬间石化，将领严肃的表情戛然而止。

生生不息的倒是不起眼的草木青苔，如同千百年来的人间烟火，历久弥新。

③

黄昏渐褪，天色将晚，路灯不紧不慢地亮了起来，接替逐渐黯淡的日光，照着被晒了一天仍无精打采的石榴树。知了从早上喊到现在，早已声嘶力竭，在你嫌弃的片刻突然集体消停，让人没了怨言。总算透了点风，清瘦高耸的朴树开始摇头，枝丫缝隙里，一只倦鸟栖在巢旁，仿佛在眺望远处的天边，那即将被黑色吞没的霞光。

八　惠州

清澈的东江宛若玉带，蜿蜒着穿城而过。红花湖深邃笃静，如同隐于山林的居士。西湖浓妆淡抹，恰似端庄秀丽的女子。慵懒的白鹭或栖于孤岛，或踏着暮色归来。夜幕降临后，西湖安静不语，唯有泗洲塔护佑着痴情的等待，人间的佳话，流传千年。

九　汕头

黎明前的海港泛着绿光，沉寂清冷。平静的水面没有丝毫涟漪，空中的云团和水面的雾气在黑暗里交织缠绵，诡异而暧昧。

岸边零星的马达声呼啸而过，渐起渐密，慢慢唤起小城睁开惺忪的睡眼。浓郁的夜色渐被冲淡，直至消融。

晨光渐亮，鸟鸣渐起。

墨绿的海映着鸭蛋绿的天，远处青黛的山，近处浓绿的树，一同构成了海港静朴秀丽的容颜。

十　台州

浙东山脉绵延至和合圣地。山峦间雨雾缭绕，隋代古刹偏隐一隅，走过古木参天的院落，仰望晨钟暮鼓的钟楼，蜡梅的香韵隐秘幽远，弥散在香火气里，隋梅的风骨千年流传，消融在无尽禅意中。

一座沧桑的佛塔矗立于山谷，穿越冬夏，眺望喧闹的凡世间。

海拔越来越高，雾愈发地浓，雾气时而聚拢，时而飘散，仙逸脱凡，虚实难分，看尽繁华后，群山沉寂失语，在雾气里隐匿起复杂多变的棱角。苍老的水杉站在远山之巅，遒劲干枯，却充满张力。

古老的村落守望千年的烟火，夜越深，越是静得出奇。

十一　宁德

南国的天蓝得动人，云白得娇媚，天在云的仰视中展示辽阔之志，云在天的怀抱里漾起翩翩舞步。温暖的空气里，三角梅鲜艳夺目，羊蹄甲开满晴空，大片的海鸥浮在海湾歇息，唯有落单的那只蹲上一棵苍老的树。

山和海的经典一直都在，树和鸟此刻凝固成了一幅画，彼此对视、陪伴、慰藉，它们的传说源自千年之外，那本旧的书卷，藏在年久失修的阁楼。

十二　永定土楼

1

数百年风吹日晒，朝代更迭，闽北的土楼早已伤痕遍体，残垣断壁，孤单地站在历史尽头，隐在起伏的山脉中，藏在黯淡的星光里。

箫和埙的乐声突然响起，红袖起舞的刹那，土楼瞬间焕发新生。舞者在黑暗里忘情地旋转，消瘦的背影越转越快，现实恍惚起来，光影交错的缝隙里，他们从尘封的历史深处走来，衣衫褴褛，流离客乡，以土作墙，以族相聚，官宦旧梦旖旎，商贾墨客谈笑，绿林侠盗惊心。

天涯明月，刀光剑影，爱恨情仇，帐前残烛，杯酒觥筹，一曲肝肠断。

曲终人散时，繁华落尽，又是茫茫的人间夜色。

2

山雾如同历史般混沌，消散却又不够明晰，苍老的土楼惺忪地醒来，露出硬朗的棱角和粗糙的泥墙。谁都躲不开时代的烙印，村口的水车如历史的车轮般挣扎着向前转动，坍塌的永远是不好的记忆。

一群迟暮之年的村民，穿着喜庆的服饰，奏起古老且顺耳的民谣。

十三　宏村

偌大一座古村，藏在皖北的山岭里，分明欲与世隔绝。错落有致的古宅各有洞天，白墙黑瓦，曲径深巷，青砖写满故事，木雕刻录芳华，客厅的气场威严依存，逼仄的楼梯连接过往。夜深时，一轮弯月悬于马头墙上，旧木散发的味道是治愈烦躁的良药，喧嚣的杂音从来不绝于耳，能有多少章节千古传唱。

时间至此，仿佛绕了一道弯，遗忘了这村落。

劈山而筑，朝南掘湖，仰而眺山不忘鸿鹄之志，俯首望湖且抱素朴之心。

无高台深池，雕楹刻桷，不见琼楼玉宇，红墙绿瓦，仅凭数尺白墙，青砖黑瓦，既营造出安心栖身之地，又构建出超然精神家园。庙堂之高有党羽纷争，江湖精彩却险恶环生，市井繁华但喧嚣聒噪，唯有山水之间的宏村，既有修身齐家，又能窥经世治国之道。既有济世经邦，又有采菊东篱的洒脱。数百年前的宏村先人，农耕不忘伴读，行商且记修儒，勤俭持家，诗书继世。古宅青竹簇拥，书院松柏环绕，寒冬清晨，天清明可鉴，地肃穆萧瑟，南湖升腾起一层淡薄的雾气，宏村宛若秀丽仙逸的女子，端庄优雅地站立在面前。

十四　东莞

飞机在颠簸中慢慢接近陆地。雷雨刚过，透

过清淡的乌云俯视午夜的鹏城，川流不息的马路通明若玉带，蜿蜒着把城市分割，灯火璀璨如翡翠洒满山谷。漫长的旅途是和昏昏欲睡的出租车司机、半路停下呕吐的同事之间的寥寥对白。三个中年男人，虽各怀心事，都是为生计奔波。凌晨三点半的东莞格外安静，街头几个稀稀拉拉的夜宵摊还没散去。亚热带的季风吹拂沉闷的空气，仿佛更厚重凝滞，竟有点透不过气来。

十五　天津

①

北方的秋，清冷萧瑟。入夜后，黑暗笼罩大地，秋凉浸润万物，寂静如同巨大的膜，覆盖住整个城市。灯火稀疏隐匿，车辆在夜色里默默穿行，行人缩着脖子匆匆走过。漫漫长夜过后，太阳才慢吞吞地升起，从灰蒙蒙的天幕里透出柔弱的光，照耀黄绿斑驳的树叶，仿佛已陷入这场夏秋两季的纠葛缠绵。

②

在异乡的清晨醒来，已是霞光满天。

一层淡薄的雾霭，从城市的远处缓缓升腾，最终散去。

凌晨四五点钟的太阳，像是深谙光影糅合的魔术师，先在天空泼洒出深浅辉映的土黄底色，再将灰蓝沉闷的云团勾勒出浅紫的边，又撩得四处散落的云彩露出淡雅的玫瑰红，真实而虚无，淡泊且瑰丽。

半晌之后，蓄积了整晚能量的太阳，迫不及待地往上蹿，迸发明亮的光线和恣意的热，霞光便收敛着逐渐褪去，天色变得平淡无奇。

远处掠过一两只鸟，不见踪影，只留下零星的啾啾声。

十六　旅途

列车飞奔着，途经城市，钻进山洞，穿过村庄，向着太阳追逐奔跑。落日的余晖扫过稀疏的平房，轻抚过整齐的白桦林，描着绵延的山脉轮廓，偶尔掠过平原的一片水，便绽放出鹅黄明亮的眩晕。水天一色的圆融短暂而神秘，天色慢慢黯淡，暗黄的日光渐渐凝重，厚重的云彩间透着一丝隐匿的暗红。

秋阳似火，炙烤大地，骄纵跋扈，毫不收敛，太阳西沉时，光芒仿若锋刃，将黄昏撕裂开来。

太阳终于累了，隐去了山的另一面。

天黑将下来。

十七　车站

冰凉的秋雨整夜不绝。寒冷悄然而至，渗入空气的每个缝隙，漫灌田野及乡村，缠绕道路和行人，浇灭焦躁及狂热。

误了早班车，拖着湿漉漉的箱子走进候车厅角落冷清的咖啡馆，点了杯茶小坐。这时，大厅角落响起妇人的哭声。通往某市的车正在检票，想起安检时有个匆忙的背影——应是不满足特殊时期的上车条件，情绪崩溃。

空旷的候车室响彻着混沌的哭泣声。

几分钟后，一切归于平凡的安静。

北上的列车像条逶迤的白色巨蟒，沿着漆黑冰凉的铁轨，驶入迷离灰蒙的雨中。

十八　差旅雨夜

北京的沙尘蒙蔽着天，上海的声光污染着夜。所幸夜晚稀稀落落下起雨，冲刷掉厚积的尘土，滋润着远方的土地，慰藉了寂寞的灵魂。雨的声响打破沉闷的压抑，润化陈年的干涸。雨的透彻参悟事理，通晓人心。雨的灵动诱发尘封的往事，奏响夜的乐章。

十九　南京

在异乡的清晨醒来，窗帘缝隙里透出点灰蒙黯淡的天色。滴答的雨声沉闷模糊地夹杂在车马喧嚣中，雨透着丝清凉，分不出季节。只有筑巢而居的鸟才懂，是人们变得陌生，还是城市愈加魔幻。

二十　金坛民宿

晨曦散去，远处矮矮的丘陵勾勒出村庄的轮廓。天色依旧阴沉孱弱，昏暗压抑。

深秋的风凉得透骨，也吹得树枝摇晃，斑驳的落叶挣脱束缚，散落一地，尽染层林。几声卖力的鸡鸣拉开村庄一天的序幕，鸟雀叽叽啾啾，长短相间，此起彼伏，仿佛是深秋里的交响乐，几声乌鸦悲悯哑长的啼叫，恰似冷暖自知的无尽长叹。

二十一　天目湖

夜风徐来，悄无声息地拨开漆黑浓稠的夜幕。微弱的晨光若隐若现，明暗博弈，难分虚实。天空氤氲变幻，光影交错，缕缕乌云轻轻掠过暗青厚重的天际，淡淡霞光透出轻薄交织的云层。

鸟虫低吟浅唱，万物归于静寂。

临窗静坐，秋凉如水。

一壶清茶，一丝萧瑟。

二十二　崇明岛

两棵清瘦的树在深秋伫立，入夜时分，在郁蓝的天幕收拾最后一丝霞光的片刻，在凋零之前，它们悄然无声，展示着孤独之美，枝干不偏不倚，树叶娇小秀气，红黄相间，简朴自然，却在暮光的照耀下灼灼其华。

在水杉林的深处，一群麋鹿悠然自得，或俯首觅食，或驻足观望。它们与世无争，宠辱不惊的神情似乎忘记了四季更替，生死轮回。

夜深人静，秋蝉低吟。凉风习习，寒意沁人肺腑，喧嚣褪去，雨滴滴答答下个不停，愈发衬托出世界的平静。几盏黯淡的灯，勾勒出树的清瘦轮廓。雨夜的静谧，安抚着万物生灵，疲惫不堪的小岛，也慢慢睡去了。

二十三　滆湖

台风已然过境，水墨渲染的云团转瞬即逝。只剩一片灰蒙蒙的天。灰确是最素朴的基调，平和淡然，惬意自在，与世无争。垂柳微摆得矜持有度，漫天飞舞的丝雨扑面和润，沾衣欲湿，悄然入湖。湖水微澜，茫茫一片。布谷鸟的叫声从四面八方入耳，几只云雀落在了银杏枝头，欢快地吟唱起来。

二十四　南山竹海

黑暗降临，喧嚣褪尽，晚风吹尽浮华，明月穿透云霞，垂柳恣意轻摆，秋虫嘁嘁不绝。本想微醺问月，何奈人间难得，寡欲清欢，各得其所。

二十五　茅东水库

人间四月，天蓝得妩媚，水绿得醉人。眼前的这片湖，胸有千壑却波澜不惊，默默地和天照映，与山守望。山沉醉，水回转，微风不燥，天地归于静谧，山涧中鸟鸣婉转，山林间蝉噪依稀，回音不绝，清幽空灵，一瞬间，时间仿佛停止了。

二十六　大别山

初夏的烈日被乌云遮挡，透露些许温柔的光，几近干涸的溪流受尽季节的冷落，依旧潺潺而下，清澈且明亮。古老的房子挺起时代的脊梁，淳朴又端庄。夕阳西下，农耕的人忘却了时辰，孱弱的秧苗在贫瘠的山地扎根，处山野之僻，亦有雨露阳光。鸟鸣依稀，犬吠断断续续，暮色安详，抬头是一束清冷的月光。

二十七　楠溪江

江与山守望，溪和山缠绵，水车布满青苔不知转了多少年，戏台忘了唱过几出戏，江山社稷有名，山林隐士无数，古树遒劲，佛塔寂寥，祠堂破旧，寒夜清冷。粉墨登场的北宋尚书，黯然离场的明朝进士，悉数在古村落的夜空闪耀。

二十八　瓯江

江心屿的残塔顶上，生出一棵树，无助地四处眺望。历史的残垣断壁化作了魂，在滔滔江水里翻滚。水流湍急，浑而不浊，树层层叠叠，绿得阴暗。微风轻寒，将零星的思绪刮乱。

岸边，偏安一隅的三角梅在阴霾里恣意绽放。

天幕暗淡如泛黄的胶片，灰鸥和白鹭浮光掠影，恍若隔世般从江上徐徐飞过。不紧不慢的雨，在静默已久的水面点开涟漪。斑驳的铁锁和石柱年纪相仿，建筑印刻着异域风情，这条江流淌了几千年，情节波折如曲桥，粉墨登场的主角皆是尘埃，所有的故事结局都落入静默。

二十九　大连

一艘搁浅的船，伴着孤单的灯塔。海浪吞噬了曾经雄伟的躯干，破碎的旗帜荡在斑驳的桅杆。两只翱翔的海鸥跃上淡薄的云，浪花把城市甩得老远。

三十　天空之城

离开繁华的名古屋，驱车一个多小时来到犬城，雨下个不停，登上阁楼，数百年前的盔甲束之高阁，阁楼发出陈旧的气息，从窄小的窗户窥见安详的小城，一条碧绿的河川流不息，将城市一分为二。途经天空之城（近江八番），徒步登高望远，满目枫林。来到白川乡的时候，初秋雨后放晴，暮色将至，世界仿佛彻底安静了下来。这个世外桃源般的村落坐落于山谷间，人字形茅草屋顶的农舍错落于稻田间，清溪环绕，流水淙淙。

夜色降临的时候，一声悠长的鸟啼回荡在山林之间。

三十一　上高地

1

走进上高地的森林，沿着湖泊徒步，瓦蓝的天飘着厚厚的云，天地如此接近，白云把墨绿的山头蒙盖了起来，清澈见底的溪水撞击着圆润的石头，叮咚不止，行者的风铃伴着清风，悠扬脆耳，阳光透进光影斑驳的林间，幽静得无比深邃。

直到日落时分，云层被夕阳镶上金边，乡村公路随着电线杆蔓延，似乎没有尽头，天色愈暗，霞光愈是绚丽多彩，璀璨动人。

夜幕降临后，古城变得恬淡虚无，三三两两的行人漫步街头，小酒馆的灯笼透出昏暗迷离，黑暗尽头，庭院的灯照亮微醺的归途。

2

大津深山处，日光明澈，空气清奇，气温宜人，四处松柏林立，枫树成群，古寺隐秘，静默失语，香火袅袅，不见来人，但闻鸟语雀噪，不绝于耳。光阴斑驳间，清泉曲蜒，淙淙而下，断桥立于残石，青苔顺遂旧阶，往事皆不可追。

一团素白的紫薇拥簇在枝头，绽放出庭院的旧梦。

三十二　京都

离开琳琅满目的金泽近江町集市，驱车一路向南，途经碧波浩渺的琵琶湖，不由逗留了片刻。午间阳光炽烈，照耀着通透瓦蓝的湖，令人心旷神怡。到达京都已是黄昏，夕阳的余晖洒遍街巷，游人如织却无喧嚣，仿佛一切都融入了古城的静谧气场。

入夜后，一轮明月升腾在鸭川河上空，两岸灯火阑珊，先斗町弥漫着人间烟火气，落单的鸬鹚仍在河滩觅食。

一位双目紧闭的艺人表情凝重，他手抱奇特的乐器端坐街头，旁若无人地放声歌唱，似乎与古城一齐陶醉着，苍凉古旧的歌谣回荡在黑漆漆的鸭川，讲述着京都城的前世今生。

三十三　腾冲

1

暮色将近的时候，来到了中缅边境，一座马帮驮来的古镇。天色明快，没有半点云彩，所有的故事都和灯笼有关，粉墨登场的都是过客，古老的牌楼和雕花的门楹淡定无比，看着宾客四起曲终人散，它们饱经沧桑阅人无数，太多的高朋满座推杯换盏，江湖的爱恨情仇却无从说起。

未见星月，只闻虫鸣，如此安静的夜。

2

天蓝得明媚，云舞成壮丽的画卷，远山之外，一座白墙黑瓦的村落盘踞高处，仿若世外桃源。宗祠的戒律隐在山林间，耕读传世的礼仪藏在秋风里，青条石板的巷子蜿蜒交错，空气中飘着桂花的香，水车戛然而止的瞬间，青苔如记忆般爬满。

3

天空中飘着流浪的云，秋凉里飘着浓郁的桂花香，牂牁故里的清晨，群山叠峦，秋色未染，太阳透过厚重的乌云，投下一束斑驳神秘的光，禅静如水。

往事流年，所有的相逢都会分别，曾经的刻骨铭心都会淡却，全部的记忆都会模糊，河荡漾着万物众生的过往，无须赘述，不用絮叨。

岸边的树丛里，紫色的一朵木槿，孤零零地暗自绽放。

三十四　南通

正值黄梅酷暑，烈日炎炎。从南通市区坐车半小时，视线逐渐开阔起来，遥望不远处，五座山峰形态各异，最高不过百米，层峦叠翠，古木参天。但闻其名，已令人浮想联翩：狼山相传白狼盘踞、军山乃屯兵之地，剑山形似宝剑，马鞍、黄泥寓意沙场，而眼前五山雄峙长江之北，颇具兵家气势，既有出征在即的壮志豪情，又似鸣金收兵、胜利归来，“江山如此多娇，引无数英雄竞折腰”。滚滚长江东逝水，无论是一代枭雄，还是无名小卒，是非功过，都湮没在历史长河中，唯有五山立于江岸数千年，坚毅笃定，不怒自威。

行走在山林之间，甚是凉爽，脚步也轻快起

来。映入眼帘的最高峰是狼山，山上有座千年古刹——广教寺，最高处的佛塔，便是支云塔了。广教寺被认为是大势至菩萨的应化道场，佛经里讲，大势至以智慧光遍照一切，能断众生烦恼，使人摆脱苦海。来到这里，不经意间步子慢了下来，心也静了下来。众生之苦，源自根尘之恋，而看破红尘放下一切，又谈何容易。远处钟声响起，悠扬入耳，山头间烟雾袅袅，喃喃的诵经声传遍山谷，顷刻间禅意流淌在五山群脉，遍布这座江海古城。

盛夏的骄阳穿透树枝，斑斑点点地漏出光斑，漫步在马鞍山的坡道，风一吹，光影碎了一地。不经意间，已经移步到了虞楼，这座位于马鞍山东岭之巅的古楼，是清末状元张謇先生为纪念恩师翁同龢而建，因其恩师葬于常熟虞山白鸽峰，在隐约烟霭间可隔江眺望虞山，故取名“虞楼”。楼前几株百年银杏，见证着张謇对恩师的深情厚谊。师者，传道授业解惑，张謇先生如此尊师重教，饮水思源，难能可贵。站在二楼阳台眺望长江，近处是一大片芦苇荡，风一吹过，几只白鹭惊起，远处货轮繁忙过往，时不时响起绵长的鸣笛声，宜人的江风吹拂面颊，令人沉浸在厚重的感恩之情里。

返回市区的路上，太阳渐渐西斜，濠河边的南通博物馆，被夕阳染上了一层金黄。走近主楼，两株古朴粗壮的紫藤攀墙而上，盛开的紫藤花瀑泻而下，在晴空下格外绚丽壮观。这座始建于1905年的博物馆，记载了这位清末状元的传奇一生。经历过封建王朝、军阀混战，在那风雨飘摇的年代，张謇先生贯通军政商各界，除了在政界举足轻重，他修城兴市、弄潮商业、兴办教育、发展民生，这些造福百姓、爱惜民生的义举，势必流芳百世。最后，他以一己之力，平地筑垣，四处搜集动植物标本、文物金石，把眼前这座博物馆修建起来，以求博物育人，开启民智。这样的行为令人钦佩！张謇，不光成为这座城市的精神象征、人文名片，也成为当代民营企业家的学习榜样。

日落黄昏之后，濠河泛起一层淡薄的雾霭，显得有些梦幻。一两只野鸭浮在水面，三三两两的市民漫步码头，一切悠然自得。夜色慢慢笼罩大地，沿岸的灯渐渐亮了起来，蜿蜒如一串闪闪发光的珍珠项链。穿过码头，登上游船，缓缓向前行驶，濠河风情万种，亮处波光潋滟、楚楚动人，暗处静水流深、幽古绵长。嗒嗒的马达声低沉雄厚，恍惚间增加了几许凝重感，泛舟在这条千年护城河上，仿佛驶向深邃古朴的历史深处。

一条碧波荡漾的河，串联起两岸的参天古树，名人故居。光孝塔、天宁寺、北极阁、文峰塔，在色彩各异的灯光烘托下，竞相妖娆，塔影倒悬，遥望明月。游船沿着濠河前行回转，这座通江达海的城市的历史人文，就像一卷波澜壮阔的千年画卷，朝你缓缓展示开来。晚风带着温热拂面而来，仿佛几壶黄酒之后的微醺，飘飘然的幻境随之而来，濠河两岸垂柳摇摆，恰似曼妙的女子翩翩起舞，几番声乐混响之后，恻隐四周的亭台楼榭顿时亮堂起来，千百年来的文人墨客、才子佳人、商贾政客，挨个粉墨登场，向你诉说一番。游船激起浪花，有时风起浪急，有时风平浪静，正如戏台上古人的说唱，或激愤高昂，或浅吟低唱，幽怨缠绵。他们表情生动，却又模糊不清，分明揉进了夜色，他们的故事，既惊心动魄，又风淡云轻，早已融在护城河里，口口相传。

巴黎有塞纳河，左岸文艺，右岸风情；伦敦有泰晤士河，穿城而过，风光旖旎，它们无一例外地成了城市乃至国家的人文象征。像南通古城这样围城而建的护城河能保存至今，实属罕见。掘地成“濠”，出土筑城，既易守难攻，又便于灭火救灾。眼前的濠河两岸，古风新貌并存，江风海韵兼具，灯火通明，商业繁荣，学校医院随处可见，博物馆林立。南通，在夜色里愈发迷人了。

因为工作的关系，来过几次南通，都是行色匆匆。这次南通之行，从狼山到濠河，从白天到黑夜，从建筑到人文，第一次有了亲密接触。这座“中国近代第一城”的城市密码，或许就隐在狼山的秀丽中，藏在濠河的波光潋滟里吧。

三十五　国清寺

1

光影斑驳里，千年古刹的记忆一直在传说里流浪，残缺不全的古塔长满青苔，天蓝得如此纯粹，空气里飘浮着浓郁的桂香，幽静的山谷间飞过一只白鹭，仿佛是宗教故事里的精灵。

钟声恰好响起，禅意瞬时流淌在古道上，融在了苦涩的茶里。

天涯此时，愿人间团圆美满。

②

远离尘嚣的片刻，呼吸也通透起来。山高谷深，天蓝云轻，翠竹挺拔，清溪流瀑，淙淙不绝，红尘过客往事皆为浮云，古幽的寺院藏在了这片无华的山水间，檐角的片段流露出僧侣隐秘的默念。雀噪渐起，叽喳地说起往年深秋的故事。

三十六　台州

①

暮色将近，竹林在光线的照耀下残留了些许苍翠，很快日落西山，色调灰淡，万籁俱寂的山谷瞬间凝固了一般，秋色刚开始绚烂，一条弯曲的溪流自上而下，四处散落的石头仿佛刚刚停下因山崩地裂所造成的翻滚，凝滞的瞬间又布满青苔和蕨类，松间的明月还未升起，清泉却汹涌而至，哗哗的水声充斥耳际，群山之间，溪流奏响了朴实的乐章，岩石不语，野植相伴，时间仿佛就这样悄然停止了。

②

绯红的霞光逐渐隐退，天空变成了幽蓝，直到夜色降临，明月高悬，清淡且遥远，照着人间百态。唐代的记忆散落在绵延的山脉，诗歌的余音环绕在云端的小镇。天涯之远，明月承载了相思千百年。

夜空如此静谧，秋虫唧唧，风吹拂着深沉的树，空气里满是秋凉。

3

在群山之巅，我听到了无助的风声，它流浪了几千年，孤单寂寞着，却又厮守着这个云端的村庄。

远方，是峡谷里的柔情，碧绿的韩妃江蜿蜒曲折，环拥着漫山黄绿斑驳的秋色。峭壁上的村子，与世隔绝，看不见世俗的烟火。茶语呢喃，是野山长情的告白。鲜花开满山冈，是旷野永恒的陪伴。

阴霾笼罩着天地，淡淡的雾霭游离在山峰，灰飞烟灭的故事沉入历史，流传千古的戏本到了天边。

远方，原来是出走后的回归，是重逢后的赤诚。

风在流浪，云在奔跑，时间在阴霾里自言自语，说要陪着云端的村子慢慢变老。

④

日光和煦，风微凉。风呼呼地将云刮到了天边，将天幕吹成了瓦蓝纯粹的锦缎，树叶哗哗作响，身影在稻田上晃动。两只丰硕的喜鹊迎风飞舞，嬉戏盘旋。风吹得稻穗弯下了腰，像一团柠檬黄的浪，涌向远方。

田野的尽头是陌生的村庄，村庄的尽头，是陌生的故乡。

三十七　黄浦江畔

①

月亮挂在浦江之上，遥不可及，城市的步伐停不下来，灯火阑珊，分明意犹未尽，江水滔滔东流，波光粼粼，荡漾着色彩斑斓的梦想，轮船轰鸣着低沉的马达声缓缓开过。

在这秋风里，星月稀疏，光影间的涟漪里，回忆自怨自艾地打着旋涡。夜，愈来愈静，直至一丝若隐若现的月光在江面消融殆尽。

②

天空干净明了，没有杂念与浮云，蔚蓝的苍穹尽头是一抹淡粉的霞光。晨曦在楼宇的缝隙里涂满光辉，江里倒映着数十年的尘封往事。

穿梭不停的轮船无一鸣笛，如同这座城市的气场不怒自威。

过往和序章一直在反复，过客熙熙攘攘，浮光掠影间，绵绵江水流露着几分秋寒。

三十八　上海街头

①

没想到一下子冷得这么彻底，寒冷扑面而来，浸入心肺，猝不及防的寒气咄咄逼人，空气里甚至充满了压抑。

瑟瑟秋风充当了季节的打手，几次三番的虐袭后，树叶掉落了，或许树叶只是疲惫了，免于无尽的纠缠。

一个平淡无奇的周末，天空阴霾，我在路旁的小咖啡馆坐了下来。昏黄的灯光提供了片刻的温暖，马路上车来车往，行人匆匆，时光悄然流逝，谁也不会在意一片树叶的暗自飘零。

唯有这株洁白的蝴蝶兰，为之动容缅怀，那些青葱岁月，成了时光里的闪闪记忆。

2

半夜里又听到了呼呼作响的风，捕风捉影的黑暗处，有一股冷漠至极的无形力量，哨子般尖锐的呼啸里充满奸诈与挑衅。天色黯淡，在冷冽的空气里，梧桐一夜焦黄。秋风冷漠地刮起翻滚的落叶，无休无止。

又路过这家貌不惊人的杂货店，素色的蝴蝶兰还在，于是我在寒风里静静地坐了很久。

三十九　长荡湖

夕阳坠落的时候，正值倦鸟夜归，暗红的霞光弥漫了整个天空。芦苇荡一望无际，鸬鹚飞进了湖的深处，整个湖面回荡着深秋的呼唤，渔网密密麻麻，暮霭沉沉如惺忪的睡眼，越来越重。夜色愈发浓郁，直到一牙弯月升上了天空。

整个湖似乎慢慢睡去了，只剩下大雁凄楚的回响。

四十　差旅万米高空

在这个视角，远处分不清是云是海，还是大地，如宇宙的起源般混沌。眼里广袤无垠的蓝，换个视角可能是荒芜空旷的漆黑，是无法丈量的宇宙。眼里层层叠叠的白云，在不同视角下或许只是无色的水汽，它们因何而聚集，摆成了各类形状，有着不同的姿势，各异的厚度，不一的密度，差异的色彩，在茫茫宇宙相遇的这一刻，有何暗示，难道是因情绪而定的自然语言？

前不久读完法国作家圣-埃克苏佩里的《人类的大地》，跟随他无数次地在飞行器落后的年代，体会到与自然搏击的艰险，观察到云端瑰丽多姿的景象，领略到渺小但生动的幻想境界。时空的某一汇集点，人最多的还是自我的意识流动而非言语。人或物，景或情，回忆还是盼望，悲伤或是喜悦，正如眼前的云团，在茫茫无际的宇宙里飘浮。

四十一　差旅清晨

天幕是浓郁的深蓝，笼罩着四野，一抹绯红的云霞铺开了半边天，星月孤悬了整夜，夜空却依旧黯淡无光。路灯零散地失了章法，信号灯有些恍惚。黎明前，大地揉着惺忪的眼，朝霞悄然变幻着色彩，鱼肚白、鹅蛋青、柠檬黄，互相掺揉，向上渗透，一眨眼的工夫，霞光照亮了半边天。

四十二　差旅深夜

没有半点亮色，幽蓝的天幕笼罩四野，黑暗与寒潮相伴相生，铺天盖地漫灌而来，吞噬了所有边界，仿佛要钻进每个毛孔。

幽灵般无处不在的风，穿过旷野。只有风能穿透沉沉夜色，甚至驱散黑暗，但它却被夜震慑，无力且无意动摇其权威，仿佛被夜色裹挟般孱弱，席卷着冰凉潮湿的空气，如寒冬的残勇游兵，四处招摇。

黑暗中蛰伏的众生，在寒潮里苟延残喘，于漫长的忍耐后只剩下煎熬，关于光明和温暖的回忆变得遥远。

四十三　金坛仙姑村

雨下了一整夜，浇透了灰蓝的天幕，淋湿了沉闷的冬季，润泽了干涸的群山。

雨声分外清脆，在寂静的乡野回响。芦苇枯而不衰，矗立在湖的一隅。飞鸟掠过冰冷的湖，把自由撒在了山冈。

四十四　三亚

1

大海咆哮着，怒吼着，将积怨已久的情绪恣意发挥。月亮升腾在高空，但月光过于羞涩，在汹涌澎湃的海浪里漫撒一片，醉意朦胧。

夜深人静的时候，大海任性地告白，借着微醺的时机，海浪席卷而来，沙滩默念着昔日的美好，洁白的浪花反复无常地在沙滩上绽放，接着又灰飞烟灭。

②

白天的海是深沉含蓄的，深得无法丈量，节拍沉得厚重，在日光的照耀下海水通透蓝绿。

海宽阔，天无垠，云是天轻淡的思绪，浪是海难平的心潮。海浪对大地的洗礼从未停息，它将浑黄的土变成细软的沙，冲来褪去，反复不止，如厮守千年的情人耳畔回荡的软语。

四十五　黄山诗画入口

山谷的秋色从未褪去，松柏浓密地长满山头，墨绿间夹杂着焦黄，翠绿遒劲的竹被冬雨淋透，雨雾缠绕的山涧分外仙逸，大雨蓄积成飞瀑，穿过古桥，孤独地奔赴山下，汇入新安江。暮色降临在山脚下的村庄，炊烟四起的时候恰是立春，鞭炮声顿时响彻了山谷。溪流顺着山脉蜿蜒了无数个弯，如舞动的翠绿丝带，淙淙流淌。

车随盘山路越走越高，穿进了云雾，山下的村庄越来越小，天色越来越暗，雾越来越浓，山岭也越发寂静下来。

四十六　景德镇瑶里古镇

一条滔滔奔流的河穿越古镇，一座古朴伟岸的石桥横跨瑶河，数十座土矿和柴窑散落在山岭。大雨过后，浊黄丰盈的河翻起白浪，古老的码头失去了昔日的繁华，挑夫弯曲的背影依稀泛在青石板路上。

入夜后，细雨和畅，空气清爽，稠密的云雾笼罩在山冈，昏黄的灯光里，古镇的光年开始倒流，沉浸于深刻的冥想。

四十七　宜春明月山

连续降雨后，明月山被雨雾笼罩，仙气飘飘，令人神往。今气温骤降，大雨滂沱，漫山雾凇。翠竹挂满冰凌，俊秀得冰清玉洁，山涧之溪流哗哗然，灵动悦耳。辗转登顶，漫步群山之巅，环行月亮湖畔，恐误入仙境琼池，孔雀柏矗立成片，红豆杉苍劲挺拔，映山红古枝新叶，含苞待放。浓雾团团，举目迷离。山谷空幽清奇，偶有孤鸟悲鸣，山间清冷彻寒，恰似天上人间。

四十八　桂林

正是温度最低的时节，夜风呼呼吹着两江四湖，光怪陆离的灯光让漓江忘却了自己本来的模样，鸬鹚在艺人的蛊惑下卖力地表演着捕鱼。清晨推窗见山，喀斯特地貌的溶岩亘古不变，阴冷的风吹着乌云，似乎吹不散反而愈发堆积得浓密，一只孤傲的黑天鹅旁若无人地待着，仿佛忘记了整个世界。

四十九　北海

1

没有阳光照耀的海，冷风仿佛钻入了海浪并随之翻滚，寒意蔓延在茫茫海面，浪花席卷着寒潮四处奔涌，天与海在远处渐渐交汇，蓝与灰渗透融合为一体，海水夹杂着苦涩的咸腥味，冰凉里透着刻骨铭心的清醒。

海的另一边是未知，亦安放了美好的期盼，如同跨年的所有祝愿。

一群海鸥被海风吹散，四面八方地飞向寒空。

②

午后，阴霾散去，气温回升，久违的阳光从云层散落下来，一群悠然自得的牛在海边吃草，丝毫没有顾及时间的存在，海风暖了起来，海鸥自由地飞翔，海浪拍打着礁石，远行的货船穿梭不停，直到夕阳匆匆沉下，赶海的人相继散去，沙滩也渐渐归于平静。

五十　佛山南风古灶

①

一座烧了五百年的窑，一座奔腾而下的马槽瀑布，几棵四百多年的榕树，构成夜幕降临后陶都的主角。四处张望的游客渐渐散去，南风古灶只剩了哗哗作响的瀑流。古老的马槽由各地搜集而来，雕刻着各朝各代的花纹，这些曾经在马厩里供给水源的石槽，见证了无数马匹的往事，它们或驰骋沙场，或行邮古道，或耕耘田野，它们或一日千里，立下汗马功劳，或终日劳作，换来粮谷满仓，最终都是换来粮草饱腹，饮水解渴。历史的车轮由马拉动，生命之源却由这些槽承载，眼前的马槽，满载着流水，奔腾不息，如同历史转动的车轮，朝代尽管更迭，而流水不腐。世间的烟火从未断过，这座古窑，只是留存了五百年的片段。

于夜深人静时，围炉煮茶，静坐于古榕树下，在哗哗的瀑布声里，聆听历史车轮的转动声响。

2

一堆青砖黑瓦，经过手艺人的堆砌，成了一座宅，高耸的山墙，敦实的墙基，齐平的墙体，雕花的屋檐，端庄的瓦楞，落成的刹那，这座宅就有了生命，与身旁的榕树相守。

榕树不断长高长粗，几百年后，成了眼前繁盛的模样，欣欣然的枝，绿油油的叶，四处下垂的须，而这座宅躯体被框住，墙基扎在地里，虽然外形从未变过，却越来越古旧，越来越不合时宜。

深夜，一盏灯罩生锈的白炽灯照着空巷，与古宅同岁的青石板泛起亮光，凹凸不平的石板白天任人踩踏，当夜晚空无一人时，它们开始轻微地呼吸，并泛起自由的光泽，毫无岁月的沧桑。

巷陌走过一只流浪的猫，它回头望了一眼雕花的屋檐，若有所思地停留片刻，又轻轻离开，仿佛从没有来过。

那一刻，古宅微微醒了一下，却欲言又止。

五十一　汕头南澳岛

山与海交汇处有个岛，岛上留存一尊残缺的塔。或许很久以前，佛塔本是矗立在山头，某个电闪雷鸣狂风暴雨的夜晚，在怒不可遏的海水漫灌之后，山谷已是沧海，山峰成了孤岛，昔日的香客无迹可寻，塔前的痴情男女化作了砖缝里两株充满信念的连理树，凭海临风。远处一对比翼鸟凌空对望，神情哀楚，仿佛瞬间读懂了流传千年的传说。

休渔期的海港散发着鱼腥味，渔船四处可见，鸬鹚和渔民一样悠闲地晒着太阳，无所事事。海面漂浮着五颜六色的浮桶，水下是渔民的另一番生计。

于半山腰觅得一处民宿，背山靠海，屋后是几株苍劲古旧的榕树，山涧鸟鸣不绝，远眺是海，近观是株开得正好的水仙。

恰入黄昏，孱弱的夕阳透过窗，斜照在水仙奶白的花瓣上，凑近了闻，一缕清幽的香气沁入肺腑。

五十二　汕头南澳岛夜

浅橙的霞光渐渐黯淡，直至消融在黑暗里。山与海也投入了黑夜的怀抱，山无风，海无浪，周遭彻底安静下来，唯有三囱崖的灯塔亮起了闪烁的灯光。

一轮下弦月慢慢从后山升起，山谷一片沉寂，鸟雀隐藏在山林深处，也仿佛是消失了。在无边无际的天幕里，成片的星星一闪一闪，忽明忽暗，仿佛无数个孤独的星球在互相致敬。

五十三　汕头南澳岛清晨

漫长的黑夜终将过去，旭日如同归来的王者，缓缓从海的另一边升起，百鸟朝拜，山林里交织着清脆婉转的奏鸣，三百多年的老榕树容光焕发，松柏翠绿娇艳，山谷爬满了紫色的牵牛花，它们迎着清晨的阳光绽放，枝头的露水在阳光下泛起光泽，如早春田野走过的羞涩灵动的少女。

灯塔附近，一艘破旧不堪、锈迹斑斑的船搁浅着。外出是年轻时的叛逆，搏击风浪是当年的荣光，迷航是惊心动魄的过往，如今一切云淡风轻，毫不在意路人鄙夷的目光，在岸边的一堆黄土旁，他日夜厮守，沉默不语，远远眺望着曾经的梦想。

五十四　山明水美土堡群

走了半小时颠簸的盘山路，绕过一座山才来到水美古堡，已是黄昏。清朝中后期的张氏兄弟靠茶叶贸易富甲一方，于群山之中寻得一方净土，大兴土木，历时数年才修葺出如此宏伟的建筑群，既可御匪盗，又避世事纷乱，在此修身齐家，耕读经商，安居乐业，称世外桃源不为过。

不过一百多年时间，古堡终究未能逃离历史的旋涡，如今的古堡年久失修，墙体破旧不堪，水池布满青苔，屋内四处散发着陈腐气息，尽显残败颓废之势。部分房屋仍有当地老人居住，但早已物是人非，雕花镂空的楼梯整齐地晾晒着芥菜，曾经的殷足成了平常的一丝烟火气。

夜幕降临后，待到唏嘘不已的游人散去，古堡湮没在夜色中，又浮沉在了繁华旧梦里。

五十五　丽水庄河村

重叠的山脉隔绝了世间喧嚣，村落归隐在半山腰，清闲自在。房子随地势高低错落而建，粗犷简陋，砖垒的墙基、泥巴砌的墙、斑驳的瓦颜色各异，村民世代深居简出，村子素来与世无争。

阵雨过后，浓稠的云雾缠绕在山头，村子借机藏在了云端，躲进了雾里，只剩黄昏时分的几缕炊烟，袅袅升入了云雾，凡间烟火和仙境风月从此交融。

又翻过了几座山，在接近山巅的地方停了下来，暮色降临，雾团最终吞噬了山峰与村落。幽蓝的夜幕下，昏黄的灯火勾勒出村落的轮廓，飘飘的浓雾唤起村落的灵逸和奇幻。

夜深人静，浓雾如回忆泛滥，山谷渐渐填满了孤独，村子也流露出落寞的神情。

待到雾散去后，山体伟岸的身躯矗立在夜色中，村子眺望远处城市的万家灯火，孤傲的夜风吹散了云团。

顿时，月朗星稀，山谷幽静得清奇。

五十六　丽水松庄村

村子质朴无华，毫无粉饰和掩藏，远观是一派恬静安详，走入却是声响不断。清晨，鸡鸣响彻山谷，唤醒整个村子。黄昏，犬吠回荡村落，提醒顽童归家。源源不断的山泉从山缝往下流，从四面八方汇聚成溪，哗哗的流水形成混响，喧哗里却透出村落骨子里无比的静。

村房简陋破旧，色调单一，矮墩墩如壮实而神情自若的村民，屋脊的瓦黝黑如汉子的脸，泥巴墙四处开裂，如饱经风霜的老妪皴裂的手。

山腰上是层层叠叠的梯田，田里耕耘不停的是头疲惫的老牛，老汉扬起鞭，在夕阳下与牛相伴，慢悠悠地走了一圈又一圈。

樟树已在村口张望了五百多年，村子的往事数不尽，如山一样高，如山林错综复杂，如山雾扑朔迷离。

落日透过茂密的竹林，淡淡的余晖洒满山冈，溪流淙淙而下，清澈见底。两个村妪在溪旁相遇，聊起家常，马尾辫的她搓着衣服，麻花辫的她光着脚踩在了溪里，她们彼此熟识，无话不说。

夕阳照耀下，溪水泛起奇妙的光晕，仿佛回到了她们十八岁那年，同样的场景，同样的对白。

时光啊，飞逝。

岁月啊，无情。

大山沉默不语，不诉哀伤。

溪流哗然不息，不负芳华。

夕阳匆匆而下，不恋过往。

夜深了，一轮清冷的月跃于竹林之上。

村子沉寂了。

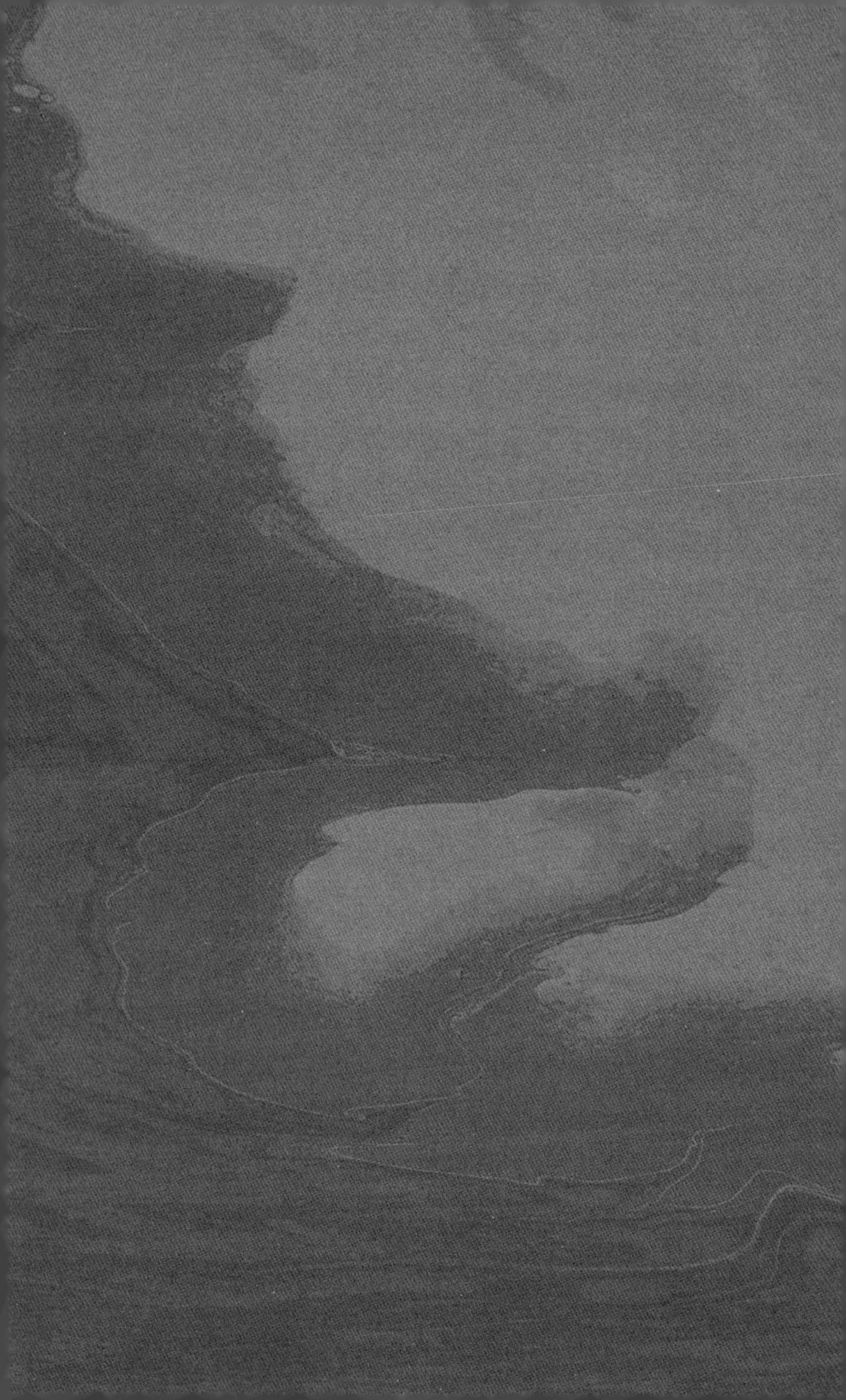

第四章 故土家园

乡愁的纽带被割裂了，
借着情绪买醉后，
在半醉半醒的间隙努力回想回家的路。

一 长江

村子最北边的尽头是江堤，堤外便是奔流不息的长江。江面狭长，对岸依稀可见，一边是泰州的七圩，一边是镇江的西来桥，三地隔江相望。在很长一段时间里，人们过江都靠摇橹船，碰上雾浓风大，摆渡船就停歇着，过不去的人干着急。幼时，我跟随母亲去赶渡船回娘家，行走在泥泞的江堤上，记忆中那些来来往往的旅客、摆渡船和船夫，都似曾存在，但已模糊不清。

在记忆里，长江便是家乡的边界。这条江是自古以来南北战火的隔离带，是难以逾越的天堑，又是重要的物资通道——无论是当地建造房屋的材料，还是生计所需的物资，都由船运而来。过了堤坝就是内江，满船的货品由人力卸运到可通河达港的小船，再由挑夫运上岸，用以筑路盖房。

长江对内连通着港、湖、河、荡、溪，在田野间舒展成了一张星罗棋布的网。江南发达的水系如同毛细血管，通达每个村落，灌溉着庄稼，滋养着村民。

开春的时候，江滩上开始生机勃发，看似荒芜，实则野菜野花都在悄悄冒出来，闲不住的妇女三三两两结伴来摘野菜。这些貌不惊人的植物在农妇们巧手加工后，总能成为江边人家的当季佳肴：马兰头可以拌凉菜，晒成干可以炖肉，灰扑扑的蒿子晾干可包团子，树根上冒出的木耳晒干了可以炖鸡汤。村上闲着的青壮年也常会在江滩上转悠，经过漫长的冬季，野兔野鸡都急着出来觅食，失去了芦苇的遮挡庇护，常常落入陷阱，沦为盘中美味。

清明前后的江鲜，是江边人的最爱，当然也是招待外地朋友的最高礼仪。擅长烹饪“长江三鲜”（刀鱼、河豚、鲥鱼）的厨子，在烹饪时常常辅以本地的应季食材，如烧刀鱼时挖几根本地竹笋，烧河豚时割几茬田里的嫩秧草（苜蓿），此外，春季沟渠里冒出的蒲蒿，田里新鲜采摘的蚕豆和蒜薹，都是应季美味。

值得一提的是，长期以来民间流传着“冒死

吃河豚”的说法，可见其鲜美程度。在吃河豚时，往往厨师会被要求先试吃，如果没有中毒反应，食客才敢享用，整个过程多少有点悲壮的意味。近年来，河豚等江鲜基本由人工养殖，简单处理后便可食用。江团、鳗鱼、激浪、翘嘴、草鞋底这些江鱼也是非常鲜美，只不过长江禁捕政策推行多年，捕食江鲜成了回忆。

清明过后，江堤内油菜花开得满满当当，江滩上的柳条开始吐芽，渐渐长满嫩绿的柳叶，此时的芦苇也已蹿得有一人多高，风一吹，江滩是一片青绿的波浪，轻轻摇摆的芦苇叶婆娑作响，撩人心弦。太阳升起后，村上的妇女便三三两两地来折芦苇叶，带回家，开水煮沸后挂在窗下晾干，等着包粽子用。

端午前夕，江滩上处处可见菖蒲和艾草，割下一把挂在自家门口，驱虫辟邪。待到端午节，人们拿下晾干的芦苇叶，放在水中浸泡，然后拿来包粽子用。江南的糯米粽子黏糯里透着特有的粽叶香气，清香里带着植物的青涩和叶香，这是长江的无私馈赠。

学生时代最爱的是开春后去江边野炊。一个班级二三十人，三三两两自由组合，带着锅碗瓢盆，挽起袖子垒起临时的灶台，有人捡干枯的芦苇和树枝，有人负责生火。女生们四处挑点马兰野菜，男生们抓点螃蜞和鱼虾，加上从家里带来的食材和油盐酱醋，大家各显神通，不管是夹生还是烧煳了，依然吃得津津有味，自由自在的欢声笑语，飘荡在江堤内外。不得不提的是，螃蜞是江边人特有的食材，它们长着螃蟹的外表，肉却是苦的，瘦小且没有蟹黄，江边人取其钳，煮熟后部分敲碎用蒜泥凉拌浸泡，便是下酒好菜。

盛夏时分，年轻人会忍不住结伴下江游泳。江边的人天生的好水性，嬉水打闹一番，好不惬意。尽管每年都有溺水身亡的人，却挡不住自认为水性好的村民下水畅游。碰上酷暑，泡在江里凉快的人更是成群结队。孩子们到江滩抓螃蜞，一不小心，会被螃蜞咬住了手，痛得哇哇叫，甩都甩不掉。一旦听到有人喊“涨潮了”，小孩子们便慌忙往上跑，深一脚浅一脚，反应慢没站稳的小孩还会摔个跟头，引来伙伴们的捧腹大笑。

江边的渔船早出晚归，渔夫只顾埋头收网，停好了船就匆匆消失在黄昏里。江堤上时不时有背着蟹篓的中年汉子走过，也有拎着一堆黄鳝笼子在芦苇丛里转来转去的。汗水滑过黝黑的脸庞，皮肤里是深深的皱褶，在阳光下熠熠生辉。附近捕鱼捞虾的并不见得都是渔民，大都是偶尔试试运气的村民，每天到集市贩卖，换成生活物资，要是哪天捕到了“江猪”（江豚），整个村都会被呼唤来一起大快朵颐，后来“江猪”越来越少，成了保护动物。

一到秋天，水凉了下来，江面也升腾起薄薄的雾，看不清江面的船，只能听到砰砰的马达声，偶尔响起一声悠长的鸣笛。

秋天的长江边，少了人来人往的喧闹，多了一份静谧。芦苇悄然变黄，三三两两的麻雀飞来飞去，江水泛滥着浪花，涌起一丝难以名状的肃杀。

江岸绵延几十里，涨潮的时候，江水漫到岸边，退潮了，便是一片芦苇滩。江水远看浑黄一片，近看却也还算清澈，夹杂着些泥沙，石头缝里，成群的小鱼游来游去。

冬天，气温陡降，芦苇都变黄枯萎了，村民收割芦苇，用作生火的材料，大片的柳藤也被收割，用来编织提篮、簸箕等日常用品。

几场雪后，江滩又成了光秃秃的一片，江边行人寥寥，泥土路冻得僵硬，泥泞的部分拱了起来，难以骑行。螃蜞躲在洞里不出来，就剩零星的麻雀在柳根上跳来跳去。

数十年前，江边有个废弃的土窑，高高耸起的窑头长满了杂草，成了眺望长江的观景台。

幼时常结伴骑着自行车，大家到了江边就把车一扔，同伴大多数去抓螃蜞，我却在土窑顶上一坐就是半天，若有所思。江面上游弋着稀稀拉拉的机动船，嗡嗡作响，江面的白鹭，飞入远处的芦苇荡，起起落落。风大浪急的时候，江水拍打礁石，哗哗作响，引人遐思。

长江边上繁衍生息的村落，如今荡然无存，两岸的通勤，不再需要摆渡人，长江码头的汽渡来回穿梭。一座世界一流的铁路公路大桥即将横跨两岸，曾经的江心洲如今站立在高耸的水泥桥基下。

村民们早已远离了长江，在拆迁安置的小区居住，长江村也仅仅成了户籍标签。

曾经以捕鱼为主的渔村已荡然无存。多年前，沿江成了化工企业聚集区，沿江一带一度乌烟瘴气，再后来，有了长江大保护，那些错综复杂的化工管道被拆了。如今江边绿地环绕，只是安静得有些陌生。

在我走南闯北的几十年里，自己一直都以长江边人为骄傲。但在我的脑海里，只剩下了对长江边一年四季粗浅的回忆，长江的雾，长江的风，长江的水，长江的鱼虾，江堤上奔跑的孩童，江滩上摘野菜的妇女，江里搏浪嬉戏的年轻人……

江边人的细腻，如长江的绵长蜿蜒；江边人的耿直，如长江的滚滚浊浪；江边人的淳实，如长江的古朴憨厚；江边人的努力，如长江的激流奋进，奔腾不息……对于长江，我其实难以言表，正如突然遇到了阔别几十年的故人，思念万千的场景，纵有千头万绪，却只剩只言片语的破碎片段，慌乱中略显尴尬。

我会时不时地来到长江边，驻足发呆良久，或在江堤走走停停，像个迷途的孩子，再也找不到回家的路。

二　下滩

长江的末梢，蜿蜒着滋生出几条内江，江堤堆得丈把高，江堤外是滚滚长江，堤内是村落和农田，泥土堆砌的江堤并不牢固，到了夏天雨季，连续暴雨之后，水位高涨的长江便会溃堤，冲垮江堤后，洪水便四处漫灌。

江堤内的这片村庄，便是下滩，顾名思义，这里是长江水日积月累冲击的泥沙积聚而成。

这里长久以来是片渺无人烟的荒地，相传太平天国运动失败之后，苏州有位富商雇用了一批苏北流民来此垦荒，经过几代人的繁衍，这片江边滩涂上，开始有了人间烟火。

听老人说，下滩人都是挑着箩筐逃难来的，向来日子清苦。因为地处低洼处，每到夏季，下滩居民都提心吊胆。当水位高涨、江堤岌岌可危的时候，夜晚小孩和老人都会睡在大木桶里，其他人则睡在阁楼，以防不测。万一垮堤，便会房屋破损，牲畜流离，江水淹没农田，辛苦耕作的庄稼毁于一旦，下滩人只能忍饥挨饿，尤其是在青黄不接的时候，得熬到下一个收获季。下滩人似乎习惯了逆来顺受，本就是双手空空来讨生活，万般毁于一旦后，也只会从容地修房葺屋，邻里互助，渡过难关。遇到极端的饥荒之年，寸草不生，下滩人甚至吃起了观音土——一种黏土，可吃完后，通便成了问题，甚至需要外人协助抠出。

下滩以务农为主，商贸农资都在街上集市，赶集得走上一两个钟头，到街上购得农资和生活用品。下滩的方言和上滩截然不同，与泰兴扬中一带的口音相似，下滩不同的村子之间，甚至相同的村子不同的片区，都会有口音的差异。每当下滩人到了上滩，下滩人开口讲话时常因为谐音听起来很搞笑，加上他们生活条件落后而心生自卑，常常会受到上滩人的调侃和嘲笑。面对这样的情景下滩人总会面红耳赤，窘迫得恨不得挖个地洞钻进去。

长久以来，下滩和上滩由于历史原因造成的文化差异、经济落差、风俗的迥异、方言的不同，使两边难以融合。下滩人被上滩人称为“江北佬”，言语间充满了歧视和排斥，下滩人称上滩人为“江南蛮子”，同样饱含讥谕。两边不鼓励通婚，长此以往导致了隔阂，几代人积下的恩怨，在遇到利益相关的特殊事件时总会对峙不下，分界口站满了血气方刚的年轻人，互相攻击甚至大打出手，像有着世仇的不同部落。

20世纪80年代末，上滩和下滩之间修了条石子路，叫青年路，从东到西绵延几公里，隔着原住民和流浪者，也隔着富足和贫穷、稳定和动荡。

21世纪初，因为工业项目的征用拆迁，下滩人搬到了街镇，散落在几个安置小区内。也因为拆迁，本来老老实实在厂里务工或在家务农的家庭一下子拿到了几十万到百万不等的拆迁款。很快，有些年轻人在赌桌上输红了眼睛，又重新回到了工厂。

安置小区里，不习惯住公寓的老人们慢慢占用了小区绿地，种起了菜，倒也料理得井井有条，瓜果蔬菜琳琅满目。狭小的一方天地，自给自足和节俭的家风留存，仿佛又承载了乡土的牵挂。

最终，原定项目没能落地，下滩却几乎荡然无存，只剩下了零零碎碎的水泥桩和生锈的烟囱。

这之后，上滩似乎一下子没有了对手，加上人口外流，一栋栋孤零零的简陋小楼，窝在乡镇的边缘，也像将近迟暮之年的人，老态龙钟、呆滞而无能为力。

上滩的西北角有个陵园，方圆几里的乡民作古之后，就埋葬在那边。一到清明，整个路都挤满了车。通往下滩的一条街，乡里曾经最繁华的一条街，也成了殡葬用品一条街，清明的时候，赶回来扫墓的人停车买上一堆纸钱和纸元宝去陵园祭奠，平日幽静的青年路便会水泄不通。

下滩的方言，讲的人越来越少。下滩，已是一片废墟。

繁衍生息的先辈，和下滩一起消失了，仅化作了一抔土，留给后人祭奠。

三　小墩子

大概因为是滩涂上地势较高的一片，这个自然村被称作小墩子。从乡里骑车下来，途经两个自然村，大约半个小时就到小墩子，再继续往北骑半小时，就到了长江边。

听奶奶讲，她的祖辈当年挑着箩筐逃难来到这里，便在这个地方停留了下来，算起来也得有一百五十年左右的历史。小墩子的邻里间，虽然姓氏不同，有的却也相处得像亲戚般，要么是逃难路上的生死之交，要么就是安身立命重建家园的互助之情。

20世纪30年代日军侵华时期，日寇曾多次来村上抓人，有次正是吃晚饭的时候，一小伙日寇冲进了小墩子，村民们跑的跑躲的躲，门房里有个长辈因为碗里的肉圆滚到地上，好不容易才吃上的肉圆他不舍得就这么丢了，去四处寻找的那会儿工夫，人就被鬼子带走了，后来再也没回来。

小墩子是长方形的地形，最东边有条夹江，两边长满了高大的杨树，沿着东头每排有两户人家，自南到北不过六七排，算是后建的新村，最南边是条小港，最西边也是一条港，都只有四五米宽，自西向东约两公里，七八户人家横成一排，房屋往北二十米是条内河，十几米宽，几里长。

20世纪80年代，小墩子上的人家还是瓦房，一到下雨天，家里漏得不行，天晴之后立马爬上房顶修缮。

20世纪90年代，家家户户陆续建起两层小楼，当然都只是水泥和白墙的毛坯，经济条件好的人家会刷点油漆。村里通上了自来水，河水也不饮用了。一到骄阳似火的夏天，河里四处可见钓鱼和游泳的孩童，太阳的光芒透过杨树的叶子，照耀在他们黝黑的皮肤上，头发上的水珠折射出耀眼的光芒。

东边夹江外是高田，地势较高，村里人的自留地都在那边，一年四季，高田里种满了应季的蔬菜瓜果。南边的港岸边长满芦苇，常有钓螃蟹的村民背着蟹笼，在炎炎烈日下无精打采地走过，他们通常穿着旧的短袖褂子，露出黝黑的胳膊和肚皮，戴着顶草帽来回地走，江里的螃蟹比较瘦，大小不一，钓网里绑着的诱饵是切成段的新鲜泥鳅，河塘的芦苇丛里，经常有乌龟和甲鱼悠然自得地晒着太阳，正如小龙虾，那个年代并不流行吃这些。螺蛳却是家家户户喜爱的菜肴，只需在河里的坝头上，弯腰下去，伸手往树桩上一撸，便是一把肥硕的螺蛳，抓上几把往清水里泡一泡，晚上爆炒一下，便是下酒好菜。

夏天最怕的，是杨树上的刺毛虫掉下来，由于幼时经常赤脚，只要碰到一下，皮肤就肿胀起来，疼上好几天。

没有空调的日子，夏天的夜晚是摇着蒲扇纳凉，三三两两地坐在门前，仿佛有说不完的话，那时的时间，总是过得很慢。后来有了电视，有电视的人家会做个高柜，晚饭之后，邻里们聚集起来一起看电视，中途广告时间，大家还要七嘴八舌地评论一番。这样的场景持续了好几年，直到电视慢慢普及。

过年是小墩子最热闹的时候，在外地发展的村里人也会赶回来，鞭炮声响彻年尾年头。大年三十晚守岁，大年初一一早，大人便会领着小孩在整个村子都走上一圈拜个年，祝福各家的长辈身体健康，再互相寒暄一下去年的收成。年初二开始，一般是先回娘家，之后才是亲戚间的互访，轮流请客。

邻里之间也并非没有矛盾，鸡毛蒜皮的琐事之外，主要是修房盖屋时关于边界的争端，因为宅基地代代相传，只能多不能少，一旦有分歧势必据理力争，甚至大打出手，不过这只是极少数情况。

碰上红白喜事，村里也会聚在一起，在外地的也会赶回来，各家都会出借桌子板凳、锅碗瓢盆，男女老少齐上阵，由队长分工，男的跑腿买菜，女的洗碗端菜，忙完一阵后就是吃喝，男人们觥筹交错，红光满面，女人们家长里短，一边忙着手里的活一边闲话家常，直到深夜，才相继散去。

如今，村子拆了，村里人聚集的机会越来越少，年轻人大都在城里工作，大部分聚集的都是村里的老人了，他们分散在各安置小区，在队长的召集下聚集起来。办理白事一般是三天，这几天队长的角色格外重要，几乎主持并操办整个仪式，甚至每天晚上都会安排一批“坐夜”（守夜）的村民，几乎没有人会推脱，因为家家都有老人。

陆陆续续地，村里的老人相继走了，小墩子的原住民越来越少，终有一天，小墩子的后人会天各一方，小墩子将永远消失了。

四 土地

乡土，归根到底是乡间的土，乡间的路，田野的庄稼都根植在土里，乡愁的根也植在土里，村上人挨个呱呱坠地，老死了也挨个埋入这堆黄土，村上老了人都是葬在东边高田里，讲究入土为安，乡下人对田间路旁三三两两的坟早就习以为常，一切都是土地上的生命轮回。

江南的气候湿润，土壤是灰黑色的。最早的时候，村民挖出土地深处质地坚硬的土，长方形的土块晒干后，垒起一人多高的房子，晒干的茅草搭成屋顶，就成了住宅了。土块的缝隙用泥浆糊上，遮风挡雨没问题。后来有了砖瓦厂，先富起来的人会买了砖瓦，通过船运回来盖房，青砖黑瓦的七介梁瓦房，比起泥土堆房子气派多了。上滩有个砖窑厂，高耸的烟囱冒着黑烟，拖拉机突突突地进进出出，为方圆几十里的人们输送砖块。那时为了盖房，省吃俭用，常有村民先购置了砖块，等有钱了再启动造房盖屋，盖个房子三五年时间不在少数，甚至有八年十年的，也不稀奇。村上人家门口常常有一堆高高堆起的砖堆，这也成了村上小孩打闹嬉戏的场所，从三四米高的砖头堆上跳下，不亚于从二楼跳下，眩晕之余，十分刺激。

早春的土地，黑色里带了灰绿。春雨过后，坚硬的土地松软起来，田埂上冒出暗灰的马兰，渐渐地，野菜野草越冒越多，远远望去，田埂成了条灰绿色的围巾，气温越回暖，颜色越亮。河塘边，小马路上，开满了星星点点的野花。

春耕时，刚化冻的泥土还有些湿硬，一锄头下去格外费力。有了手扶拖拉机后，每天清晨，整个村子都是突突突的声响，耕田的每天从早到晚，把土耕耘好，各家各户便拿锄头钉耙再去精细地敲碎土，接着撒化肥，确保养分，然后再撒上麦种，翻上土，便完成了春播。几场像模像样的雨下完后，气温一升高，麦苗就冒出来了。

清明前后，土地的颜色就是油菜花的颜色。田里的油菜蹿得老高。河边，马路旁，油菜花无所不在，天气稍暖，就绽放出黄绿色的花，越开越多，越开越旺，最后成了黄灿灿的一片。

儿时，最喜欢做的事情，就是摘下几朵油菜花放进棕色的药罐子里，去隔壁邻居家抓蜜蜂。由于泥土房子没拆，墙上的洞里住着数不清的蜜蜂，拿着罐子等着蜜蜂飞进来就行。抓到了之后，放进棕色小瓶子，盖子钻个孔，便养了起来。

天暖起来后，村里人常光脚走路，一到下雨天，烂糊糊的泥巴，一脚踩下去，湿润黏糊的泥浆从脚趾间冒出，充斥脚丫，温热而润滑。下雨天，卷着裤腿，光着脚在泥巴上走，成了我快乐的记忆，这是和土地最直接的交流。

暴晒的夏天，穿着背心裤头，光着脚在泥土路上走。晒得滚烫的土，烫脚，走得多了，似乎也习惯了，乡下人的脚跟上甚至有着厚厚的老茧。

后来先是有了自行车，20世纪90年代村里人又陆续骑上了摩托车，泥土路变成了石子路，再到后来铺上了沥青路。人们再也没有光脚走路的习惯。

几场雷雨过后，麦子疯长起来，风一刮，青绿的麦浪就成了土地的色彩，满眼都是青绿，如同曼妙的少女翩翩起舞。扁长的原麦，椭圆的小麦，折下一段麦秆，捏扁了就是孩童的口哨。这时候的蚕豆也已经开花了，田埂上都是鬼脸般的蚕豆花，探身去寻找“猫耳朵”（蚕豆卷起的叶瓣）是最大的乐趣。

盛夏的阳光是最好的养分，麦子逐渐饱满，颜色转黄，麦浪渐渐成了金黄色，金黄色的麦浪蔓延在小墩子，土地的颜色成了金黄色。

丰收的季节正是最热的时候，滚烫的土地上，是村民的汗水和欢声笑语，家家户户煮起了炒米茶，把大米在锅里炒至金黄色，加水煮沸，一锅焦黄的炒米茶成了农忙时村民最好的伙食，苦涩却恰到好处地充饥解渴。

麦子割完后，村民们毫不松懈，开始在育秧的田里放进水，在烂糊糊的泥土里撒上种子，接着堆肥，再撒一层灶膛里的灰，静待种子发芽，慢慢长成秧苗，再撒点化肥，几周后，秧苗慢慢冒出，土地又成了绿油油一片。

人们踩在水田里，拔出秧苗扎成一捆，运送到耕耘过的田里，插上秧苗，时不时地除个草，治个虫，就是静待水稻的成长，一直到十月过后，水稻生了黄灿灿的锈色，稻穗沉甸甸地垂下头，便开始了秋收。

一年四季，庄稼人都离不开土地，庄稼种完的间隙，去自留地种菜，从土里种，从土里拔，洗掉蔬菜的泥巴，下锅炒成美味佳肴。大地的养分取之不竭，用之不尽。

曾经走过异乡的土地，熟悉的场景却有着说不出的隔阂和陌生，家乡的土地，陌生的场景，却有着难以名状的熟悉。

许多年后，再次回到乡间，我在荒芜的田野停了下来，许久之后，我才隐约闻到泥土的味道，那是久违的土地的味道，有点土腥味。那一刻我有些颤抖，总算超脱了世俗功利的缠绕，失去的乡土的记忆涌现，这种感觉竟强烈地冲击、捶打着快要麻木的内心，在周遭的植物芳香里，流露着若有若无的青涩。

不知不觉地，竟有一滴泪落到了土地上。

五　房子

在我模糊的记忆里，祖宅是个瓦房，青砖黑瓦的三间，中间是厅房，东西各是一间卧室。据说是父亲跑供销赚了钱买来的砖瓦，用船运到了河岸边，前后花了一年时间，请工人盖起来的，瓦房的后面是一间厢房，奶奶住在里面。

我最早的一张2寸黑白照片，背景便是这座瓦房，一岁光景的我坐在二八大杠的自行车上，算是20世纪80年代初的时髦。

一到下雨，瓦房就开始漏雨，屋内的地被踏踩得光亮，下雨了就会湿滑泥泞，只能扔点稻草铺着。厨房在北面，那时为了防老鼠，门槛较高，三四岁的时候我从厨房的煤球炉上拎起一吊壶烧开的水，因为力气不够大，想放在门槛歇一歇，未料壶侧翻，开水把脚背烫烂了。

据说江豚的油可以治烫伤，我依稀记得母亲抱着我四处奔走的场景，高高的江堤路，低处是一排矮矮的房子，母亲瘦弱的身躯抱着哇哇大哭的我，连走带跑地到沿江边的队里挨家挨户寻药，后来终于被她寻到了江豚油，涂了之后脚果然没有被感染，但我脚背上却留了个大疤。

那个年代，城乡差距很大，城里人的户口也格外值钱，常听说某某发达后花了十几万弄了个城里户口，彻底摆脱了种田的苦差事。城里大街小巷都是柏油马路，城里人穿着的确良衬衫，从容地坐着电车，周末逛百货商店，在公园漫步，能买到咖啡和可口可乐，大部分城里人实现了“电灯电话，楼上楼下”，条件好的家里甚至有冰箱、彩电、钢琴。而乡下还是泥土路，乡下人大部分在埋头务农，也有少部分村民去了乡里的工厂上班，但一到农忙季节，厂里学校都放农忙假，一切还是围绕农耕，屋里的家具甚是简陋，无非是请木匠打的大橱、矮橱、八仙桌、洗脸盆架这些，乡下人的几大件，不过是缝纫机、自行车，一到下雨天，马路都是稀巴烂，有自行车也得推着走。

城里和乡下，仿佛两个世界。

1987年左右，村上已经有盖楼的人家了，家里也盖起了两层楼，在乡下，两层小楼凤毛麟角。楼房也非常简陋，墙基刷了灰色的水泥，外墙就是白石灰，两层楼有三间房和带转角的一间平房，平房顶算是露台，屋内的地上是用水泥抹平，踢脚线是暗红色的油漆，墙壁用彩色漆刷了一米高的装饰，当时算是比较考究的。后来，家里请人在后院打了一口井，就不用从河里挑水饮用了。到了1989年，亚运会的前一年，村里才通上了自来水，但对照起边远地区，苏南农村还是相对发达的。

房子的东侧是片竹林，中间有一排树，算是两个祖宅的界。其中有棵大桑树，一到夏天，便落下紫红色的桑果，酸甜可口，这是幼时最爱的食物之一。

一到清明前，几场雨过后，竹林里就冒出高高矮矮的竹笋，邻居会采一些竹笋主动送过来，竹笋是大自然的馈赠，本地竹笋尤其口感清脆、味美鲜甜，并可任意搭配，烧杂鱼的时候放一点可提鲜，烹饪河豚时竹笋是绝配，竹笋烧秧草也可大快朵颐，只是短短的一周时间，雨后的春笋便会疯长，长高了意味着就失去了食用价值，再长粗后，便成了乡下小孩的玩具：用刀砍下一段，切掉结疤，可以做成挑水桶。

房子正门的侧面有条马路，通向河岗上的一条更宽的路。20世纪90年代后就铺上了石子，但也坑坑洼洼很多年，这条路拖拉机可以通行，孩童时代，男孩子的趣事之一就是追逐手扶拖拉机，攀爬上去，几乎都有开拖拉机的村民，见到淘气孩子都捏了把汗，时不时回头张望，生怕有野孩子追着拖拉机爬上来，万一掉下去，摔伤骨头是常有的事。

房子后面是宽敞的后院，厢房拆掉后，后院

就成了菜园，西侧角落有棵高大的野桃树，房子正后方是一条宽石板路，通往河边，右侧依次种着桃树、梨树、紫荆花，还有栀子花。一到春季，先是河岸边的柳树蹿出绿芽来，紧接着桃花吐出嫩绿的芽，没过几天桃花就绽放了，半个月后，气温接着回暖，一场雷阵雨过后，梨花一夜之间盛开，如洁白的瀑布般，突然绽放在眼前。同时开花的，还有桃红色的紫荆花，整棵树开得满满当当。黄梅天过后，争妍斗艳的花儿都谢了，这时栀子花悄然绽放了，洁白色的几朵，造型朴素，藏在暗绿肥硕的叶片中，毫不起眼，只是那浓郁持续的香气，穿透整个院子，成了记忆中永恒的江南气味。

20世纪90年代末，房子进行了装修，外表贴上了白色的条砖，用铝合金封了阳台，玻璃成了蓝色，屋顶盖上了酒红色的琉璃瓦，只不过彼时我已在外求学，回去的少之又少。

2002年夏末，20岁的我从这个房子离开，要去万里之外的法国读书。奶奶在田埂小路送我，一路叮嘱，“明年开春了回来”，我也满口答应，“明年开春了一定回来”，就这样，我离开了生活20年的房子，如同第一次展翅飞起的麻雀，迫不及待间，也略带惶恐。

六　奶奶

2003年开春后，法国学校放春假，我回到了家乡，一到家就径直朝着奶奶的小屋走去，给她带了饼干巧克力，准备和她讲讲国外的新鲜事，在窗口张望了半天，屋里冷清，似乎好久没住人，疑惑的时候我一转身，看到姐姐抱着奶奶黑白的遗像，止步不前。

那一刻，我崩溃了。

原来，在大年初八的时候，奶奶已离我们而去。

大年初三通电话时，还听说她去看望了生病的门房妯娌三奶奶。那几天奶奶有些低烧，没胃口吃饭，未料几天后，在春寒料峭的夜里，她人生的烛火就悄然熄灭了。

奶奶应该是1918年左右生于隔壁村一个比较开明的大家庭，没逼着她幼时缠小脚。她身材瘦小但精神矍铄，经常穿个蓝粗布的斜面襟衣服，性格开朗，讲话声音亮堂。

她几乎陪伴了家族里每个孩子的成长，两个堂姐、姐姐、我、堂弟，都在她默默地陪伴下长大。当然，和同时代的老人一样，她也毫不避讳地重男轻女。20世纪80年代初计划生育刚实施，在新政的压力下，许多农村家庭还是决定“铤而走险”，许多女孩的名字是“招娣”“有娣”“来子”或其他谐音，我姐姐的名字也被创造性地冠以了谐音“停妹”的字号。

在提心吊胆的十月怀胎后，母亲焦虑地等到了大年三十晚上，半夜肚子痛，急忙喊来了门房三奶奶——经验丰富的接生婆。

这一晚注定是不眠之夜，一边是在昏暗的瓦房里点着煤油灯，一边是奶奶、姑妈、伯父、伯母在窗外焦虑地等待，在寒冷里徘徊，如果生下来再是女孩，就连夜送到江对岸泰兴的亲戚家。

大年初一凌晨两点，我呱呱坠地。所幸，最后一刻，我被留了下来。

等到年初一一早邻里来拜年的时候，“恭喜你家生儿子”变成了现实，奶奶心满意足地抱着襁褓，来回炫耀。

父亲也顾不上过年，一早赶去了江边汽渡，坐摇橹船去扬中外公外婆家报喜。

因为违反政策，父亲心甘情愿地接受了惩罚，从公家单位被开除了。

小时候经常靠着奶奶睡，印象最深的便是她生怕我冻着，尤其是冬天，里一层外一层给我盖好被子。小学的时候遇到罚抄作业，晚上三支笔一起写，深夜还不能睡觉，这时她就会明显护着我，骂骂咧咧地抱怨几句老师。

童年的时候，奶奶会在夏夜里用扇子驱逐蚊子，我们则一边仰着头看星星，一边听着她讲过去的事情。在她平静的诉说里，一切纷乱灾难都只是轻描淡写。从她的口中，我断断续续了解到家族的来龙去脉。

爷爷是个染匠，为人忠厚，老实巴交。在江南一带，民间有不少这样的印染工匠，靠着点配料的手艺养家糊口。当然，年迈的姑姑曾说爷爷却是“风流人物”，能说会唱，多才多艺，春节期间跟随花船出去十天半个月也不着家，因为没有留下任何照片，我无法想象和揣测爷爷是什么模样。

在奶奶之前，爷爷曾有过一段短暂的婚姻。第一个老婆，因为有一天娘家来了亲戚，私自去问邻居借了几斗米招待一番，惹得爷爷的母亲恼怒不已，在那个闹饥荒的年代，便埋怨了她几句。

未料，这些家庭争执让她当晚就寻了短见。在人命贱如草芥的年代，因为这几斗米她就含冤上吊了，没有留下一子半女。后来家族祭祖的仪式，每次都会给这位“大奶奶”烧些纸钱，“烧羹饭”（本地一种祭祖仪式，给逝去的祖先设宴并跪拜）也会摆上她的碗。

几年后，爷爷娶了奶奶作填房。

从奶奶的叙述里，我得知了她的婆婆，我的曾祖母后来也“闯了祸”，因为身体虚弱，人老眼花，在极度疲惫的情况下，在灶膛烧晚饭的时候，不小心睡着了，火种掉到了脚边的稻草堆，等反应过来的时候已经来不及了，她跌跌撞撞地跑出去，还摔了一跤，虽然捡回来一条命，但等到在外参加集体劳动的家人赶回来的时候，熊熊大火已经把家里的茅草屋烧了个精光。

一家老小瘫坐在地上，哭天喊地，从此一无所有。

后来前前后后花了近两年时间，才把房子重新修起来，村里三邻四舍帮了不少忙。奶奶的婆婆因为过度自责，那之后生了一场大病，不久之后就撒手人寰。

奶奶说到爷爷的时候，往往带了嘲笑的口气说："你爷爷胆小，被欺负了也不作声的。那一年小年夜，本身就没吃饭，饿着肚子在家踩咸菜，队里人叫他去挑河泥，他就去了。第二天中午就被抬回来了，吐血死啦。"

奶奶说到这里的时候往往叹息一声。然后继续说："那时候自己的脾气真是大啊。一把抓住队长的衣领，问他：'人是活着走出去的，怎么死着抬回来啦？'队长他吓得屁都不敢放一个。"

说到这里她竟嘿嘿地笑了起来。

奶奶从此就守了寡，据推测应该是1959年。

那年，姑姑18岁，伯父10岁，父亲6岁。

父亲对于他的父亲也没什么印象，只记得那个中午，正在屋旁和邻居玩耍的他看到他的父亲被抬着送了回来，嘴角带血，全身青紫，从此他就没了父亲，常受村里人欺负和言语歧视。

他只是记住了那个中午。

奶奶看我从小读书还不错，经常叹息道："以后我死了不要没人给我'扛栓子'啊。""扛栓子"是当地的风俗，由孙辈的男孩扛一根带竹叶的细竹子，上面挂着白纸做的挽联。我常一本正经地安慰她说：“不会不会，我肯定要帮你扛栓子的。”

奶奶的七十大寿、八十大寿，伯父和父亲都给她办了风光体面的酒席，尽了孝。

2002年的夏天，我即将远渡重洋前往法国求学。走在田埂上的那一刹那，想到了小时候对奶奶许下的诺言，我有点担心。

奶奶那时候身体已经大不如前，眼睛看不清楚东西，说话要走近了大声对她喊。而且她经常头疼，生些小毛小病。

她常常告诉我梦到了爷爷。

然而对于我出国，她从头到尾都表现出了支持，我离家的那一刻，奶奶迈着蹒跚的小步子送我到路口，她只是对我说：“定心点，把念书的事情办好了，明天春上回来。”

我满口答应：“好的好的，我春上肯定回来。”

然而，我如约而至，她却不辞而别。

按照当地的风俗惯例，给故去的亲人安置墓碑的时候，会把活着的故人配偶名字也一同刻上，黑色的名字是已故者，红色的则在世的配偶。终于，四十多年后，爷爷的墓碑上，奶奶的名字终于从红色变成了黑色，爷爷奶奶再次重逢了。

直到今天，我常梦到奶奶，从梦里惊醒过来，眼角滚烫，默默流出泪水。

我想，纵然天堂遥远，奶奶并没有离开我，她一直就在我脑海深处。

七　西来桥的夏

西来桥是长江中下游的一个岛，母亲是西来桥人，因此，童年的记忆便和这座岛有关。那时的西来桥没有桥，进出需要坐摆渡船。据说，生我的时候是大年初一凌晨两点，天还没亮父亲就冲到了江边，等着搭轮渡给外公外婆报喜，然而雾太浓，父亲伸头探脑一直等到上午十点才有船来。

从记事起，每逢春节，父母亲都会骑着自行车，带我和姐姐去西来桥拜年，这样的记忆非常模糊，只依稀记得江堤泥泞不堪，天很冷，路很长。

20世纪90年代初，小岛通了桥，来往更方便了。每年暑假，城里表哥会约上我和姐姐，一起去外公外婆家过暑假。孩童时代过于顽皮，在家闯祸难免挨骂，因此每年暑假我都会期待去西来桥放飞自我。

外婆家住在岛东边的东来桥，在东江边就3户人家。西来桥的夏，大部分场景都和东江边有关。

那时没有空调和电视，天蒙蒙亮就被卖豆腐的小贩吆喝声喊醒了，起床拿着外公前一晚给的零钱，冲出去喊住卖豆腐的，买块豆腐当早饭小菜。外公平日十分严厉，我们都有点惧怕他，因此从不敢赖床，有时起身稍晚，只能在江岸上呼喊，跑出去好远才能追上卖豆腐的。

外婆已经把早饭烧好了，笑呵呵地接过我们买回的豆腐，捣烂了加上酱油、麻油，再撒点小葱，便是一道佐餐的美味。主食是大麦粉煮的米粥，有时会捏上几个面疙瘩，碰上酷暑天，也会煮点炒米茶——将米炒至金黄，倒上水煮沸腾，苦苦的一股焦味，却十分解渴。

吃完早饭，我便和表哥一起蹦跶到了东江边。

清晨的江是朦胧的、模糊的，沉闷的轮船轰鸣声远远地传来，一轮红日缓慢地爬出江面，透过青葱的芦苇，照满整个江岸，江水拍打着江堤，石头缝的螃蜞四处爬窜。

童年的玩耍漫无目的，也漫不经心。看到瓦片会捡起来往江里打水漂，看到芦苇就拔出几根当箭发射，探身下江滩抓几个螃蜞也不在话下，只是常常因手被夹住了而痛得嗷嗷叫。

西来桥是一个镇，也是一座桥。桥南头就是镇中心，遇上有集市，小舅会带我们到西来桥镇上逛逛，通常先去鱼市，打鱼的是村里人，每天卖完便拿着钱去买酒喝了，因此得赶早，去晚了往往没好货。每次来到鱼摊都充满期待，如同看开奖：活蹦乱跳的一大盆，大小不一，有鲫鱼、昂公、翘嘴、草鞋底、激浪、鳗鱼、黄鳝，若能买到刀鱼，那就走运了。村里人买卖比较随意，几番讲价夹杂着调侃，就成交了，从没见过面红耳赤相持不下的场景。螺蛳是不用买的，挨家挨户都靠河，坝头边走一圈，挨个摸上几把，一盘螺蛳就有了，爆炒一番就是一道下酒好菜。

夏天的蔬菜琳琅满目，长长的豇豆搭着紫色的茄子，熟透的番茄适合凉拌，青绿的番茄烧汤刚好，丝瓜配豆子，韭菜炒螺蛳，苋菜分了红的和绿的，放上几颗豆瓣，味道鲜美，茭白是刚从水渠里拔出来的，炒豆子刚刚好，菱角刚刚剥好，嫩的两角绿菱适合生吃，老的四角红菱适合红烧鸡块。

小舅回来劈几截柴火，架上锅，将刚刚宰杀的雄鸡炖上，喝上一口浓浓的茶，便开始忙碌中午的伙食。遇到兴致高的时候，外公会让我去邻居开的小饭店买上两个熟菜，回来下酒。

乡下人围着灶头忙碌一上午，常常只为几道乡间美味。

西来桥的夏天是炽热的，太阳晒得河水发烫，正是嬉水的好时节，小舅家后门口的池塘，便是每天下午的娱乐场所。午后，村里的孩童接二连三地扑到水中，池塘里黝黑的皮肤泛着光亮，欢声笑语久久回荡。

若听到卖棒冰的吆喝声，再远也要追上去，买上一根赤豆棒冰，可以吃上半天。西瓜则是夏天必备，平日节俭的外公抽屉里从不缺零钱，常常抽出一张五元钞票，让我们去村口买个瓜，浸在井水里，待到晚饭后大家解渴。

东来桥是一个村，也是一座桥。桥北头有瓜棚、商店、肉铺、理发店、修车行，一座凉棚，便算是村中心了。村上的老人，泡上一壶茶，一坐就是一上午，谈古论今，家长里短，和来商店添置油盐酱醋的村上人打着招呼，调侃几句，轻松惬意。

我们常搀着外公，慢慢走到桥边，外公规矩

严，我们不敢含糊，爷爷奶奶、伯伯叔叔，挨个叫一遍才能入座。

“赵先生来了。”大家会挪个位子出来，外公则捋一捋头发，缓缓坐下。

外公身材高大，一身浅蓝长衫，虽头发花白，三七开的头发却梳得整整齐齐，他年轻时当过兵，见过世面，谈吐风趣，人缘也格外好。当然也有例外，我因年幼不懂事，路上遇到捉弄他的人，让我们捎话，便不假思索地回去说：“外公，刚路上有人问，你怎么还不去火葬场啊？”话音刚落，哗然一片，大家笑得前仰后翻。

外公不慌不忙，慢条斯理地调侃起了捉弄他的人，凉棚里又是一番哄堂大笑。外公知识渊博，大概与他喜听书有关，每天下午必听上个把小时，八仙桌上小小的收音机里，三国、水浒、隋唐演义，外公听得入神，有时横眉冷对、愤愤不平，有时喜形于色、忍俊不禁，甚至拍案叫绝。

外公受人尊敬还有个原因，是他钻研《周易》，每逢盖房砌灶、上梁定亲，村里人都会找他来排八字，图个黄道吉日，外公从不主动索要钱财，给多少全凭对方，得到的钱以贴家用，久而久之，远近闻名。

外公外婆育有两儿两女，家境清贫，20世纪50年代末正值饥荒，母亲和大舅都吃过“观音土”，常会无法排出，需他人帮忙抠出。听母亲讲，遇上家里揭不开锅，一家人饿得难受时，自尊心极强的外公也会放下面子，去宽裕的亲戚家借米。有年正是数九寒天，外面下着鹅毛大雪，外公在门口站着，从清晨等到了中午，本已经答应借米的亲戚，却始终没有开门。

或许受了风寒，外公落下了严重的支气管炎，早晚都能听到外公剧烈的咳嗽声。

一年一度的暑假，就在清晨卖豆腐的吆喝声、凉棚的欢笑声、午后慢条斯理的知了声、夜晚外公的咳嗽声里度过了。江边的芦苇枯荣交替，小岛四季轮回。不知何时起，我们已不再相约去西来桥过暑假了。

外公去世的时候，我正远隔重洋，电话里听闻噩耗，心里一阵默哀。外婆去世时，我已回国工作，因外婆是高寿，丧事办得也算热闹，我端起辛辣呛口的白酒，向村里的长辈挨个敬酒，最后酩酊大醉，内心充满了悲伤。

外公年轻时与人嬉戏，不慎被扫帚戳到了眼睛，外婆在纱厂做工时，纱絮吹进了眼睛，那个年代医疗条件差，外公外婆都相继失明了，后经人介绍组建了家庭，生儿育女，勤俭节约，度过了黑暗却又光明的一生。遗憾的是，他们从未见过彼此的样子，没见过子女，也未见过孙辈的模样，每年夏天只会用手摸摸小孩的头，说句“又长高了呢”。

时光荏苒。舅家的老宅早已不在。

这个夏天，我又来到了西来桥的江边，江水哗哗地冲击着江堤，放眼望去，满眼是青葱的芦苇，风一吹就簌簌作响。

那一瞬间，时光似乎凝滞，又倒流回了童年。

第五章 旅法往事

它们各有特色，

精美得仿佛童话里的小镇。

而我，

只是无暇顾及风景的那个过客。

一　雷恩

2002年秋天，我和赴法国交流的同学一行人从北京出发，飞行13小时后降落巴黎戴高乐机场，这是我第一次坐飞机。

在第一届交换生（我们是第三届）学长的接应下，我们坐上TGV（法国高速列车），奔赴西北部的布列塔尼。彼时国内铁路建设方兴未艾，刚有动车，坐上时速超过300公里的TGV，感觉非常兴奋——正如当下，我们的和谐号、复兴号“出海”到东南亚各国，时速350公里让试乘者交口称赞一样。

时世变迁，可见一斑。

火车一路向西飞驰，窗外的场景如同缓缓舒展的画卷，让我格外震撼。第一次看到漫天的云团离地面如此近，遍地的牛羊悠闲地吃着草，偶尔甩起的尾巴又缓缓垂下。一座座形态各异的村庄从眼前掠过，无一例外，每个村庄都有个高耸着尖顶的教堂，房子各式各样，但家家户户的阳台都挂着鲜花，整洁安静、精致漂亮得仿佛田野间的世外桃源。经过两个半小时的路程后，我们到达了布列塔尼地区和伊勒、维莱纳省的首府——雷恩，人口不过三十五万，却已是法国第五大城市。

不得不提的是，21世纪初因为出国留学的仍然很少，通信手段和资讯不发达，没有人写攻略，我们带了一堆稀奇古怪的玩意儿，拎着大包小包精疲力尽地赶路：有人带电饭锅，有人带方便面，有人带了一堆洗发水、肥皂和沐浴露，后来才发现在法国的欧莱雅比国内卖得便宜。

初来乍到的我们，对城市的每个角落都充满新奇，如同放飞的鸟儿，经常三五结伴在市里到处晃荡，到了周末，就坐火车去周边小城旅行，印象最深的一次，是学长带着大家游览了雄伟的圣米歇尔山，随后下海游泳，撒网捕虾，来潮的时候众人大呼小叫，拼命往教堂山游，却发现周边没有参照，看着很近其实很远，所幸最终游到了岸边，虚惊一场！退潮的时候，大伙在沙滩上挖了一堆的贝壳，带回去想饱餐一顿，结果里面全是沙子。

一条清澈的河横穿雷恩城市东西，南面是共和国广场，再往南就到丽斯广场，往北走两百米就是市政厅，这是一座古老的建筑，钟楼上吊着一尊笨重的铜钟，到了跨年的时刻，钟声响起，烟花绽放，广场上聚集的人们互相拥抱，举杯畅饮。市政厅往东是市政议会大厅，建于17世纪20年代，典型的法式风格，平整对仗，四尊镶金的雕像分别耸立在东西两端的阁楼顶部，庄重威严。

市政厅往北走一公里，就到了圣特安娜广场，这里是布列塔尼特色建筑的密集区，四五层高的房子连成一片，酒红色、深绿色、棕色等色彩鲜艳的木头斜着镶嵌在墙体，顶上是高低不等的烟囱，每家每户的窗口吊挂着五颜六色的鲜花，映衬着古朴的墙体，别有一番风情。这里也是最热闹的商业区，遍布特色餐馆和小酒吧，一到周末或周四，广场上人声鼎沸，小酒吧门口站着三三两两喝酒聊天的人——在法国，不光是年轻人出来喝酒，各年龄段的都有，五六十岁露着满是文身的哈雷党们，七八十岁头发花白但打扮时髦的老年人，尤其是女士，服装精美，妆容精致，优雅大方。街上也有不少流浪汉，手里牵着狗，拎着酒壶，到处讨烟抽。因为香烟卖得贵，很多人买烟丝自己卷烟吸，或者干脆在街上向人讨只烟抽。在法国，据说养了狗的流浪汉就不会被收容，因为这样宠物狗就没人照顾，非常不人道，所以几乎所有的流浪汉（法国叫SDF，Sans Domiciles Fixes的简称，意为无固定居所者），都人手牵条狗。

雷恩是著名的大学城，这里有一大、二大和商学院等诸多高校和学院，因为很多学生周末回家，周四仿佛成了约定俗成的学生聚会日，当晚很多酒吧会推出特价酒水吸引客源，人气不亚于周末，到了半夜，街上到处可见呼酒买醉的、已经醉醺醺的，甚至醉卧街头的学生们。回到大学城宿舍，仍可碰到酒后憨态迥异的学生，大家司空见惯。布列塔尼地区因为终日阴雨绵绵，寒冷无比，布列冬人喜饮酒，善饮酒是全法出了名的，喜爱程度不亚于可汗饼（布列塔尼特色煎饼）。

白天雷恩最热闹的地方，当属丽斯广场，早上的露天集市号称全法最大，因为布列塔尼三面环海，丰硕新鲜的海鲜食材比比皆是，很多是港口渔民一大早出海捕获的海货拿来摆摊。水果和鲜花五颜六色，蔬菜琳琅满目，牛羊肉的摊位摆了老长，集市的小摊小贩，除了本地郊区农民，还有来自各小城镇的农民，他们面容淳朴，笑声爽朗，招呼着来往顾客，乐此不疲地和顾客聊天，阳光照耀着他们古铜色的脸，额头的皱褶随着笑容绽放。

彼时国内经济条件和欧洲发达国家比，差距较大，大家都只带了五千欧元左右当作一年的生活费，平时津津乐道的内容之一，就是交流购物和省钱攻略。

雷恩的郊区有个亚洲超市，从共和国广场坐公交车大约45分钟到达，可以买到酱油等中国调味料，亚洲超市隔壁就是LIDL（德国零售商超），我们戏称为“穷人超市”，在这里可以买到最便宜的鸡蛋、土豆、食用油等生活物资，这家连锁超市遍布全欧洲，生意倒也很红火。

几个月下来，初来乍到的新鲜劲过了，留学生活开始单调起来，基本上是学校、宿舍、超市三点一线，同时银行账户金额日渐减少带来的焦虑感，始终像有块大石头压在心头。

二　勤工俭学

大家各显神通，找起了周末兼职工作，我跑到丽斯广场附近的饭店，挨家挨户送简历，不会讲法语就用手比画，店家大概都能明白啥意思。

来法国两个月后，我找到了第一份工作。发简历起到了作用，有一家中餐馆给我来了电话，让我周末去刷盘子，每周五周六晚做临时工。老板并非华人，而是定居法国多年的越南人，店里的菜单也并非正宗中餐，而是西餐化的中餐，因此餐具繁杂，西餐的、中餐的各有一套。洗碗机是老式的，一大框子餐具非常重，需要从脚底下端起来放到桌上，然后再挨个擦干净，最后放回置物架归位。

第一天上班从晚上六点忙到深夜一点，一刻也没停息。当天晚上，我累得无法入眠，手臂酸麻无比，有种想大喊却又喊不出来的压迫感。几次下来就慢慢适应了这种劳动强度。一个晚上老板给了我30欧元，和别的同学交流后才知道自己只是个廉价劳动力，而且不交社保，给现金，算是不规范的用工。

后来就学会了去Crous（法国学生服务机构）找工

作，找到一个在圣特安娜广场附近的法餐厅的帮厨工作，工作轻松了不少。老板是对法国夫妇，六十岁上下光景，都高高瘦瘦，有着金黄色的头发，戴着眼镜，面容慈祥。老板下厨，老板娘收账，大堂有两个年轻的女服务员，其中一个中等个子，棕色头发，话不多，喜欢笑；另一个胖乎乎的，话比较多。这是家法国东南部萨瓦地区的特色餐厅，主打奶酪火锅、布尔戈尼牛肉火锅，配菜也很简单，沙拉、水煮土豆。

说是帮厨，其实就是以洗碗为主，帮助厨师准备沙拉，舀起煮熟的土豆，装好佐餐面包递到窗口。餐具品类不多，比较费劲的是洗奶酪火锅的锅，太烫了没法洗，凉了又会粘在锅上刮不动，只能用水泡着，再用铲子刮掉。这家店的洗碗机是新款的，不用从低到高搬起来，省了不少力气，

这份工作的轻松也在于老板夫妇的善意，每天晚上不忙的时候，老板会和我聊天，这是练习法语的绝佳机会。他们从没去过中国，对中国的印象仅限于凤毛麟角的媒体报道，因此对中国的一切充满好奇，每天忙完，老板就拿出啤酒来一起喝一杯。每天店内收到的小费，会让大家平分。他们有两个

高大英俊的儿子，年纪都比我大，有时会来店里坐坐。最让我感觉神奇的是，工作十几天之后，我才知道有条狗躲在餐柜后面，它高高瘦瘦，满眼都是无辜。那次是因为它发出了“呜呜”的声音，老板呵斥了一声，它顿时又安静下来，真是条懂规矩的狗！让我感动的是，第一次在法国的圣诞节，老板夫妇居然给我这个异国他乡的打工仔准备了礼品，一大盒巧克力！圣诞节晚上收工以后，老板全家带着所有同事去夜店喝了一杯。

法国是35小时工作制，很多餐厅周一全天和周六中午是休息的，我所在的这家餐厅的季节性很强，只有天冷了才会有生意，因此到了第二年的3月底，老板就通知我饭店关门了，说要去休假，给我结清了工资，社保单也给了我。

为了方便找工作，2003年4月回国后，我第一时间在学校附近报了驾照班。那年正值国内“非典”，济南街头行人寥寥，两个多月后，我顺利拿到了驾照。

2003年7月初回到法国后，我第一时间买了辆二手车，但我并没有去二手车市场，在法国街头，到处可见车上贴着“本车出售”的广告。有天在宿舍楼下停车场看到了这样的车，就打了电话过去，车主是附近街区的居民，售价1100欧元。也正是因为缺乏常识，买了个2.0T的二手奥迪90，后来才知道很多保险公司不愿意给新手——尤其是买大排量车的新手上保险，因为事故风险较大，最终花了接近车价的代价从一个小保险公司上到了保险，可谓教训惨重。

没过多久，在一个朋友的引荐下，我接替他去搬家公司打零工。这份持续了两个多月的暑期工，让弱不禁风的我真正体会到“劳其筋骨”。

每天天蒙蒙亮，我便开车半小时到达搬家公司所在的小镇莫尔代勒，除了我之外，工友都是六十多岁的法国老头，大伙爬上一个厢式货车就出发了。到了业主家，先是寒暄一番，业主交代好注意事项，就开始干活。物品早就提前分门别类地装在纸箱里，我们把纸箱搬到车上，到了目的地再卸下来，并按照顺序摆放好。客户基本是在乡村别墅，且没有电梯。碰到冰箱、钢琴这种大件，往往需要几个人协作。

每天最期待的事，就是中途十分钟的休息及中午吃饭，大方的业主中午会请大家下馆子，饥肠辘辘的时候吃什么都香。有的客户下午会拿一扎冰啤酒给大家解渴，更大方的会给每个人5到10欧元小费。每天收工的时候，大伙在返程的卡车车厢里垫上硬板纸坐着，因为极度疲劳，我常躺着，车子晃几下就睡着了。

工友大都头发花白，却身体强壮，几乎每个人手上都布满老茧，言语直白甚至粗鲁，从他们脸上的酒糟鼻就能看出爱酗酒，大部分人比较和善，开着各种玩笑，几天下来，他们都喊我“小中国人”，并格外照顾我，让我搬一些轻点的物品，但也有不太友好、脾气古怪的人。可能是嫌我动作慢或者力气不够大，有个老头常骂骂咧咧，对我大呼小叫。最后一次上班，和他共搬一个大沙发上楼梯，因为太重了我的手掉了两次，他不管不顾，硬要我继续搬，在转角处我的手被墙壁蹭破了，血直流，我忍着痛继续搬了上去。

下班后我忍无可忍，用蹩脚的法语狠狠地骂了他几句。傍晚我对老板表示不干了，结清了工资，愤而辞职。

连续两个多月超负荷搬运，导致了腰肌劳损，后来腰疼了好几年。

9月开学后，我又在ANPE（法国国立职业介绍所）找到了一份周末工，是去雷恩郊区的小镇多马涅的苹果庄园摘苹果。

庄园主是个棕色短发的矮个子中年人，身材健硕，手脚利索，一见面就直接让我上工。工友们大部分是当地农民，也有好几个在校学生。两行苹果树中间整齐地放着木头大框，每人一个大框，一天下来摘多少一目了然。他耐心地告诉我，什么样的苹果达到采摘标准，摘的技巧很重要：轻轻托住一转，苹果就摘下来了，千万不能捏着拽，因为捏坏了表皮会影响销售。接着又加了一句：苹果口感非常好，可以一边干活一边啃苹果。说完就示范给我看，摘下一个红苹果，直接咬了一大口，津津有味地嚼了起来。

那段时间虽然辛苦，但每天在法国乡村的苹果园里工作，甚是心旷神怡。清晨，满园硕果累累，树叶上挂着晶莹剔透的露珠，果园里飘满果香。当阳光照进果园的刹那，薄雾被渲染着闪出光芒，饿了渴了馋了，就随手摘个苹果吃。

一到中午吃饭时间，大家都拿出自带的便当，遇到老板心情好，会拿出亲自烤的苹果派让大家分享。吃饭就在杂物间，旁边的农舍养着奶牛，粪便味道浓烈刺鼻，几天下来也就习惯了。

每天傍晚，当我满身疲惫地开车行驶在回宿舍的路上，我会开着车窗抽着烟，听着刻录的MP3碟片（法国唱片太贵了，折合人民币几百块一张，大家买了唱片都会互相借着刻录），欣赏着沿途乡村美景，心情愉悦。尤其每次都会途经一个教堂，恰好是乡村道路从高处到低俯冲的一段路，视角尤其独特。

我清楚地记得有一次，一大片乌云挡住了落日，夕阳强劲地穿透乌云，照耀出五彩的光芒，恰好一大群乌鸦在教堂顶周边盘旋飞翔，我情不自禁地调高了音量。于是，在孤单的法国乡村公路上，响彻着汪峰的《在雨中》。我顿时忘记了疲惫，随着马路高低起伏，像只获得自由的飞鸟，在半空自由翱翔。

这样的勤工俭学正是我期待的，在语言不通的国家谋生，身体力行，靠着自己的努力赚来学费。顺便说一句，我是同一批八个来法国的交换生里面唯一一个靠银行贷款来的。

三 困境

大学里有些浑浑噩噩，缺乏目标和动力。于是我选择来了这个语言不通的国家，期待被激发斗志。

一个半月的采摘工期结束后，我又在Crous找到了新的工作，这次是到一个法国人家里照顾老人。

下课后我带着简历和地图，找到了杜博瓦夫妇家。这是一幢3层楼的独立房子，进门后，一位体态较胖，面相和蔼的法国老妇人笑着对我说："你好！"她用汉语和我打招呼，我也笑着用汉语回答："你好！"

随后她领着我走上了楼梯，走进了左手边的书房。

房间有些昏暗，一排文件柜杂乱地放满了信件杂志，一张黄色的办公桌上放着台灯、电话，木头地板上铺着彩色的地毯，一位体态臃肿的老先生坐在轮椅上，脖子上围着毛巾，见我进来，歪着头看了我一眼，突然张嘴一笑，但很快口水流了出来，马上就尴尬地僵住笑容，杜博瓦夫人赶紧拿起他脖子上的围巾替他擦干口水。

杜博瓦夫人向我介绍，这位是杜博瓦先生，

他们夫妻都是从法国报纸《西北法国》退休，有一儿一女，儿子菲利普在别的城市工作，女儿克罗汀嫁在了本地，在高中做西班牙语老师，女婿克里斯坦是银行的支行长，有两个外孙都十岁上下。杜博瓦先生几年前患了帕金森症，手术后就只能瘫痪在轮椅上了。杜博瓦夫人因此被困住了手脚，想找个学生每天下午来看护两个小时，这样她就可以外出买买东西。工作内容是协助杜博瓦先生整理各类信件、文件（杜博瓦先生几乎每天都会收到电信、银行，以及各类商店会员的信件），按药盒里标注时间把药物拿给杜博瓦先生吃，并需要协助他去上厕所。

正如杜博瓦先生经常说的话：各物归其位，各位放各物。

从那天起，我就在杜博瓦先生的书房——几乎每天下午，度过短暂而漫长的两小时，就这样持续了两年。

杜博瓦先生虽然讲话有些困难，但能让人听懂，且非常幽默，这段时间，我俩每天待一起就是想着法子聊天。他也会耐心地给我纠正法语发音。

我清楚地记得书房外的那棵柳树，春夏秋冬，四季轮回。昏昏欲睡的午后，收音机放着古典音乐，恍惚间我时常觉得时光停滞了。有时也会有错觉，感觉自己到了垂暮之年，坐在轮椅上，对着窗外的柳树，看着光阴流逝。

假期到来前，我又找了一家叫富士的日本料理店的帮厨工作。店面不大，三四十个餐位，老板是个矮小腼腆的日本人，老板娘同样是身材小巧，精明利落，他们夫妇俩五十多岁，在欧洲游历多年后选择在这个城市定居，开起了日料店。大厅角落的前厨是鱼生，老板自己负责，还有个日本小伙做帮厨，后厨是油炸、烧烤类，由一个法国年轻厨师负责，我负责洗碗打杂。另外还有一个韩国女服务员，一个日本女服务员，一个法国男服务员。

饭店的人还算友好，除了日本老板有些傲慢，例如看到我穿着耐克鞋，就会当众调侃说，这是“中国制造”吧，我嘴上没说什么，心里明白他言语间夹杂的歧视。

每天开餐前，我们需要做大量的准备工作，例如用切片机把牛肉切成薄片，称好重量用保鲜膜包起来；把冰冻的大虾化冻，串上竹签；把新鲜的鸡腿剔骨，切成小块，用佐料腌制打包，然后把这些半成品放进速冻箱备用。营业时间，我就负责把收回的餐具分类放进洗碗机，然后再擦干备用，同时辅助厨师，把之前准备的食材解冻备用。

过了一段时间，老板见我手脚麻利，问我愿不愿意多做点事，可以每个月多付200欧元，我毫不犹豫地答应了。从那之后，每天我提前到饭店，把批发商送来的两箱海鱼，及一条十几斤重的三文鱼洗杀干净，给外厨备用。

厨房是在地下室，透过小半个窗户能看到外面的斜坡地面，工作时间厨房都会开着收音机。因此，整个假期，从早到晚我都在工作，或者是在赶着去打工的路上。早上9点到饭店，下午2点收工后就换上衣服，坐地铁奔赴杜博瓦先生家看护，下午5点看护结束后，立马坐地铁赶6点的饭店晚班，一直到晚上10点甚至11点下班。下班时间是最愉快的，和工友们喝上一杯啤酒，抽根烟，讲讲废话。然后拖着疲惫不堪的身躯回家。到家后，坐在电脑前累得不想动，抽一个小时的烟，缓过劲来再休息。这段时间，烟瘾大了很多，就是因为太累，每周工作70多个小时，只休息半天——这听起来有点疯狂。

因为过度打工，我甚至羡慕那些家境优越的同学，他们四处游山玩水，而自己则穿着一身油烟味的衣服，满脸疲惫，在地铁也只有站到角落里，生怕碰到中国学生尴尬。这段时间，我并没有忘记学习，每天口袋里都放着一个小本子，上面记着新的单词，在地铁上都会拿出来看几眼。

这样超负荷的工作和学习，源自我想赚够学费，早点拿到硕士录取通知书，好去另一个城市安心读书，不用一边读书一边打工。每天这么想，也不知不觉更加卖力地工作，把满腔热血用在了磨刀上，一空下来就把剔骨刀磨得锃亮，别人一盒5公斤的鸡腿剔骨需要25分钟，我从21分钟慢慢提升速度，到最后一盒鸡腿剔骨只需要7分钟，别人处理一盒鸡腿我处理三盒，15公斤，到了“庖丁解牛”的境界。

后来厨师换了人，来了个法籍老挝裔。他长着亚洲人的脸，讲着纯正的法语，三十出头，之前在法国餐厅工作。他油嘴滑舌，也懂得偷懒，是个老油子。我的这种几乎癫狂的工作状态让他很难磨洋工，时间一长就引起了他的不满，时不时地对我冷嘲热讽，并且不断找碴。在他的挑唆下，饭店的人也都觉得我很古怪。

我苦笑着但没有反驳，并不想告诉他们我打着两份工，毕竟，如果工作中有闪失，日本老板会觉得因为是我有着第二份兼职的影响，我也不想刺激他们，对他们说我的志向不是做个餐饮从业者，那样只会难以为继。

就这样我一边打工，一边坚持着学习法语，并准备语言考试，毕竟申请读研需要TCF4级（法国知识测试）。随着我法语水平的提升，有时候在厨房也会撑那个厨师，毕竟斗嘴吵架对于提高法语帮助很大，我甚至用了比喻句来嘲笑他：一个鸡蛋在鸭棚里孵化出来，长着鸡的模样学着鸭叫，走路也和鸭子一样，它总以为自己就是鸭子。

从2002年秋天来到这座城市，到2005年秋天，我在雷恩度过了困顿艰辛的三年：语言受阻，经济窘迫，学业不顺。这两份工作唯一的一次请假是2004年夏天，考到了TCF4级后，我分别向饭店和杜博瓦夫人请了一周假，放弃了一周600欧元左右的收入，去了西班牙旅行。

2005年6月是黑暗的，深夜到家打开信箱都悬着一颗心，在接二连三收到法国各地大学婉转的拒绝信后，我倍受打击，心灰意冷，甚至开始怀疑自己的选择，准备终止这种无谓的努力。

那段时间，日本老板提议我留下在饭店全职做厨师，并承诺给我办理工作签证——这是很多外国人梦寐以求的，而对我却彻底无效——我从来没有想过努力打工是为了混个长期居住身份，留在法国做个厨子。我期待的是有一天离开这座城市的时候打电话对日本老板说，其实我这么古怪的原因是我在努力打两份工，到点就走是因为我回去还要学习，现在我正在去外地读研究生的路上，我实现了我的目标。

2005年暑假，我从饭店和杜博瓦先生家辞职了，内心苦闷。

但停下来之后我更加焦躁，很快又在附近的农场找了个摘西红柿的临时工。每天早上5点到农场，摘到下午3点，夏天的大棚工况很差，极度酷热，每天都在汗流浃背里反思为何会事与愿违。因为打太多工，择校的时候尤其是写申请表和动机信的时候，缺乏和人交流申请技巧，尤其是没有请法国朋友帮助改一下申请信。

一个多月后，我终于做出了决定：买个往返机票回国，如果回到国内还是不想再来，那就回来收拾行李，彻底回国，接受申请研究生失败这个结果。

想明白后我就和农场提了辞职，这种行尸走肉式的体力活让我感到麻木和绝望，一刻都不想继续。我买了最低价的机票，在等待回国的这段时间，我决定自驾横穿法国，去意大利看看，一路散散心，也好思考一下未来的路怎么走。

于是我从雷恩向东出发，穿过了阿尔卑斯山，到达了意大利的小城市都灵，再一路返回法国。那时没有导航，只能看着图标找路，整个旅程都是心情低落，大脑昏昏沉沉的，沿途风景纵然美妙，内心却失落彷徨，仿佛迷途的人一直在找方向和出路，我记不清穿过了多少城市和乡村，只记得途经一大片向日葵地，风一吹，大片的明黄的向日葵花微微点头致意；还经过了一大片玉米地，一眼望不到头，成熟的玉米目不暇接；经过了几个静谧的小村庄，它们各有特色，精美得仿佛童话里的小镇。

而我，只是无暇顾及风景的那个过客。

四　遇见地中海

2004年夏天，我决定停下繁重的打工，休个假犒劳一下自己，毕竟考下了TCF4级，读研有点盼头了。

我没有做攻略，也没订酒店，准备随遇而安，买了张前往巴塞罗那的长途大巴车票。难得放松一次，心情相当愉悦，我也对这段未知的旅途充满了期待。

大巴一路南下，途经西南城市图卢兹，穿过比利牛斯山，开了十几个小时，到达巴塞罗那的时候已是午夜。我在车站喊了辆出租车，来到了市中心的青年旅舍。

果然是热情洋溢的滨海度假胜地，深夜1点街上竟到处是人，营业着的餐厅和酒吧随处可见，走出夜店的年轻人意犹未尽，三五成群地在马路上游荡，对酒当歌，好不热闹。

我到了青年旅舍已经困顿不堪，前台用口音很重的英文告诉我，你真走运，暑假旺季客人爆满，刚好剩了最后一个床位，还是当天下午别人取消的，一个晚上21欧元，全巴塞罗那找不出比这更便宜的房间了。

一个房间六张高低铺，不分男女混住，我洗漱之后，便在一个下铺精疲力尽地睡去了。

然而半夜3点就被吵醒了，一个比我还晚到的胖女生，气喘吁吁地拎着大包“破门而入”，吵醒了所有人，大家嘟囔几句后又相继睡去，而睡眠质量差的我就彻夜难眠了，只能盼着赶紧天亮，赶紧去找别的旅馆。

第二天一早办了退房，我背着包在附近转悠，问了几个旅馆都客满，兜兜转转来到了一个社区菜场，五颜六色的蔬菜水果摆满了摊位，倒也非常有意思。然而人在倒霉的时候，喝凉水都会塞牙，正当我因为找不到旅馆而沮丧时，天空飞过几只鸽子，脖子突然一阵清凉，手一摸，是一摊青绿色的鸽子粪。38℃的街头，可想而知，黏糊糊的脖子散发着瘟臭。

经过一个小时的不懈努力后，我终于找到了一家巷子里的小旅馆——“里昂旅馆”，带空调的单间50欧元，依然是最后一间房。

我洗了个热水澡换上干净衣服后，出门吃了个饭，就回去补觉了，昏昏沉沉地睡了一下午。

醒来的时候，已是夜幕降临。我漫步到海边，吹着温热的海风，漫无目的地走了很久，虽然看不到大海的颜色，只能听到海浪拍打海滩，但有了难得的轻松惬意。耳边充满了世界各地的游客方言交织，因为票价太贵，最终没舍得去看弗拉明戈演出。

第二天一早，我拨打了旅馆前台小册子上的旅游热线电话，坐上了双层旅游大巴，在方方正正的巴塞罗那街头观光，各大景点循环转，很是方便。

地中海的阳光炽热，晒得人皮肤发烫，我在街头地摊上买了个墨镜戴上后，顿时感觉阳光没那么刺眼了。

巴塞罗那的精华建筑，好几个都是设计师高迪的杰作，这座城市甚至被称为“高迪之城”，据说他性格孤僻、古怪，生活艰辛坎坷，穿着随便甚至邋遢，不愿被现实的条条框框拘束，虽然他的设计充满争议，却逐渐被上流社会追捧，这使得他荒诞不经的灵感设计得以实现，数百年后竟然成了世界文化遗产。我饶有兴趣去一探究竟。

雄伟的圣家族大教堂在蓝天下矗立，自1882年开工以来一直在施工，仿佛一个永远没法完结的宗教故事，浮动的白云只是它神游的思考。要知道，教堂在西方世界的权威地位，却在高迪手中被设计得完全不像循规蹈矩的宗教场所：几根椭圆的尖顶高耸，五颜六色的马赛克装饰，内部是螺旋形的楼梯，这样夸张的艺术表现形式居然获得了罗马教廷的认可，高迪当时的影响力，可见一斑。

古埃尔公园在郊区的一个山头上，这里的桥、道路和长椅，都镶嵌着彩色的瓷片，蜿蜒曲折，感觉是高迪的设计灵感喷涌，流动的瞬间被凝固了，成了不规则的物理形态。

第三天，我去了郊区的犹太山观光。这是17世纪西班牙内战时政府军和加泰罗尼亚—法国联军交战的旧址，博物馆里看了一下战争大事记，战时的硝烟四起和炮声隆隆，只能靠脑补了，现在的犹太山上有着森林公园般的安静祥和，站在犹太山俯视这座城市，沉思良久。下午便决定坐火车继续南下，于是打车到了火车站，买了去阿利坎特的票。

西班牙的火车比较陈旧，速度很慢，有点像国内的绿皮火车，有的车厢还有一个个的卡座。这条铁路沿着地中海蜿蜒，就在巴塞罗那南下的途中，我第一次被地中海震惊了。火车沿着海边缓缓前行，地中海在炽热的阳光照耀下，犹如一位妙龄的少女，瓦蓝的海面一望无垠，充满了明媚的温暖。一种至纯的、温热的、温柔的慰藉感缓缓涌起，充满了张力、活力和治愈力，它仿佛能读懂你的心情，承载所有的沉重甚至悲伤。视线透过海边的小树林，随着这明艳的蓝游离，天蓝得没有一丝白云，海蓝得没有一丝杂质，而火车就像是擦肩而过的行人，对着天和海行着漫长的注目礼。

正是这样的场景，让我在决定离开雷恩时，在目光从法国地图上游动一圈后，停留在了法国东南角、地中海边的城市——尼斯。

阿利坎特是西班牙中部东海岸的小城，我寻得了一家浙江人经营的中餐馆，点了几个菜满足一下中国胃，还兴致高昂地点了两瓶冰冻的青岛啤酒。整个下午，我在温热的地中海阳光下，在海滨浴场的沙滩上，惬意地睡去，昏昏沉沉睡了一下午。

也正是因为一时的惬意，引来了“滔天灾难”。因为没做功课，没涂防晒霜，导致整个背部被地中海紫外线灼伤了，回到法国之后的一周里，背部像被火烧了一般地疼痛，这种灼热感让我至今还记得，典型的“切肤之痛”。补救已经晚了，拼命地涂芦荟膏也没用，直到背上蜕了几层皮，才消停下来。

我买了连夜去南部安达卢西亚省的长途大巴，继续南下。这是西班牙人口最多，面积第二大的自治区。

一路的颠簸，我却睡得很香，一觉醒来已经是清晨，夜色渐渐消退，全车的旅客都在沉睡，我醒了过来，看着窗外的风景。

这里的土壤竟是暗红色的，路旁都是灰绿色的橄榄树和矮矮的橘子树，大巴一直开到早上七八点，终于到了目的地——塞维利亚。我把行李寄存在车站，轻装上阵，往老城区走去。

这座城市有着独特的风情，西班牙文化和阿拉伯文化碰撞交融，老城的城墙入口处，有位艺人坐在墙角弹着古典吉他。我不禁停下了脚步。

他指尖的琴声充满了古旧、苍凉、悠远和悲伤，如同他背后的城墙，满是回忆。我足足听完了三首曲子，毫不犹豫地上前买了一张他的唱片，回到雷恩之后，我把这张唱片送给了杜博瓦先生，作为留念。

看完彼拉多官邸，我去了斗牛场，看见红色的围挡，黄色的内圈沙地，我脑海中涌现出斗牛士们冒着生命危险激怒公牛，甚至是被牛顶破肚皮鲜血直流的场景。在斗牛场，我碰到了大巴前排的两位美国女游客，请她们给我拍了一张照，这张照片至今留存，成了留学期间为数不多的影像记忆。

傍晚临近，我在西班牙广场附近转悠。这座美丽的广场到处都是红砖的古老建筑，夕阳西下，建筑的影子越拖越长，别有一番韵味。

晚上想不出去哪里消遣，我便决定坐火车去马德里住下。我对马德里的印象不深，一周假期所剩无几，无心再看风景，逛了几家商店，买了几件衣物，就匆匆赶去车站，坐长途大巴回了雷恩。

这段独自一人的西班牙探索之旅，后来改变了我在法国的轨迹，这也算是旅行的意外收获吧。

五　左岸右盼

2005年回国之后，在机场听到了久违的母语，但奇怪的是，从走出机场的那一刻开始，我就已经做好了决定，从哪里跌倒就在哪里站起来，一定要读完硕士再回国。

两周假期很短，看望了家人，见了几个朋友，我就回到了法国，退掉公寓，计划换到尼斯，再读语言学校，准备申请硕士。

于是，暑假结束后，我开着二手车——一辆暗紫红色的两厢欧宝，带着所有的家当从雷恩出发，一路往南，开到了格勒诺布尔。同样是没做攻略，让我吃了个大亏，因为觉得高速路平淡无奇，从格勒诺布尔，选择走了看着距离最短的路，谁知却是蜿蜒盘旋的一条山路——这正是阿尔卑斯山的盘山道。

车越开越慢，人疲倦不堪，一路在崎岖的山路上打着哈欠。为了安全起见，我不敢在黑漆漆的山道停下睡觉，只能硬着头皮开下了山，因为实在犯困，开车时我竟然睡着了！车子发生了碰撞，我被惊醒后，第一反应是赶紧下车察看，看到右后方撞了个凹槽，因为速度极慢，还好并无大碍，这才放心了。

此刻，午夜的乡村公路空荡荡的，漆黑寂静一片，一轮玉盘般的月亮高悬在天际，发出洁白润泽的光，不远处阿尔卑斯山山顶的雪在月光的照耀下发出白闪闪的光，融化的雪水顺流而下，流经蜿蜒的沟渠，发出叮叮咚咚的响声。忽然间，我发现一只雪白的兔子，它驻足和我对望几秒，如同一只雪山的精灵，一闪而过。

一切都是如此安静。

惊吓一场的我再无睡意，坚持开到了尼斯城内，到达时已是早上5点多，我找到了一个超市停车场，打开后备厢，钻进睡袋，昏沉沉地睡了过去。

每个人对旅行的意义理解不同，我随遇而安的习惯导致自己从不做攻略，不做计划自然会有很多意料之外的事发生，未知的旅途才会发现意料之外的事，追寻陌生的场景才是旅行的意义，按部就班本身就充满了乏味。

例如，在地图上我只看出尼斯有海，未料到这里群山环绕，山海相拥，半山腰上错落耸立着各式各样的居民区或别墅，既有山居的幽静，又怀拥无敌海景，可谓绝妙。我顺着其中一条盘山道开了很久，又掉头慢悠悠地下了山，俯视地中海的时候，微风吹拂面庞，格外惬意。

我跟着地图开到了尼斯大学法语中心，直接去学校找到了老师说明情况，他们接受了我学习法语的注册请求，这种做法对于大部分中国学生来说是不可思议的。刚来尼斯的头几天，因为没有找到合适的房子，我每天都睡在后备厢的睡袋里，然后去学校的盥洗室洗漱——假期学校里公共设施是开着的，只有行政人员在工作，基本上没有师生。饿了就去超市买点香肠面包，在几天的“流浪”状态后，我终于找到了合适的房子，合租的也是个中国学生，楼上楼下两间互不打扰。安顿好之后，我就在尼斯开车转圈，四处看看。

车子缓缓开过英国人散步大道，一边是豪华

的酒店、赌场和公寓，一边是地中海，一下子便到了度假胜地。由于自己打工积累了下一年读书的开销，因此现在格外轻松，仿佛脱胎换骨，就像头一次来到法国求学，这是名副其实地来读书。

语言学校每周的课程只有十六小时，我的状态一下子从紧张忙碌变得松弛，和班里同学也有了互动，也慢慢认识了一些中国留学生，偶尔周末也会聚餐，我们生活变得丰富起来。

尼斯往西是马赛，往东是摩纳哥，再过去是意大利，山顶之间是高速公路，半山腰是盘山路，紧贴着大海也有一条路，驾车在周边旅行，途中皆是美景，在半山腰的盘山路的观景台，俯视浩瀚的地中海，尤其壮观。

在尼斯的这一年，我最喜欢做的事，便是独自在海边发呆。听着海浪翻滚的声音，周遭的一切噪音都渐渐消失了。我开始复盘过去几年的留学打工经历，回忆遇到的那些人，那些事。我开始困惑，为什么这么多人像我一样，不远千山万水来到异国他乡，到底在寻找怎样的出路，何谓理想？

我开始了和自己的对话：写作。

我打算写写留学生的故事。于是，在无数个深夜和清晨，我坐在电脑前写起了小说，并给它取了个名字，叫“左岸右盼”。

这段时间，我常常一边沿着海滩散步，一边构思小说，一直走到尼斯老街，爬到高处俯瞰这座城市，远远望去，城区一排排红色的房顶，和蓝色的大海形成了鲜明的对照，老街的早市从不会冷清，我喜欢看商贩们真诚的笑容，无论男女老少，都在卖力地吆喝，他们在不遗余力地讨着生活，画面生动。

大海的情绪是无常的，太阳的色彩是多变的。

清晨，地中海慢慢苏醒过来，一轮巨大的红日从海平面缓缓升起，海面从黑暗到猩红，再到橙黄，忽然间朝阳一跃而起，如同脱离了母体的焕新生命，发出充满力量的光晕，升得越来越高，越来越远，大海的颜色顿时亮堂起来。

蔚蓝是宁静的，含蓄的，大海有节制地翻滚着无穷无尽的情绪，整夜的压抑终于蓄满了动能，平静里涌动着力量，蔚蓝中闪耀着一丝光，若隐若现。

地中海的左岸，悬崖间风在咆哮，峭壁间鲜花在绽放，行走的车辆喧嚣而过，人们在山海之间穿梭，似乎忘了过往。

黄昏，地中海又慢慢安静下来，那轮巨大的

落日慢慢坠入海平面，海水被渲染后泛出多彩的光芒，天色渐渐暗了下去，大海的咆哮低沉而有穿透力，海的另一面，一轮明月悄然升起，地中海被温柔的月光照耀着，闪动着迷人的亮光。

一年以后，我收到了巴黎一所高等商学院的硕士录取通知书。

小说也差不多到了末尾，我终结了这个故事，把它发到了留学生网站“战斗在法国”。

我告别了尼斯的朋友，在一个初秋的午后，独自在海边待了很久，然后带着所有的家当，驱车离开了这座城市。

在路上，我拨通了雷恩日料店老板的电话，本想说点什么，却又没有说出口，只说是在去巴黎的路上，寒暄了几句后道了晚安。

随后点上一支烟，继续驱车前行。

六　巴黎地下铁

到了巴黎，天刚蒙蒙亮。

这次我在网站上找好了公寓，因为太早没法联系房东，只能开着车去城里逛逛，一直开到了香榭丽舍大街，也头一回看到了凯旋门。

此时我已困倦不堪，饥肠辘辘。我在麦当劳门口停好了车，狼吞虎咽地填饱肚子之后，我打开电脑打发时间，因为有无线网络，我便想起发在网上的那篇小说。

令人惊讶的是，BBS论坛里出现了大量读后感和留言，一种难以名状的感触涌上心头，温暖，柔软而湿润，如故乡三月的春雨。

安顿好住所后，我陆陆续续办好了入学的手续。

从此我开始了在巴黎的两年旅居生活，这座万城之城，等着我去发现。

每次课后，我都会穿梭在巴黎的大街小巷，乐此不疲。巴黎的每个街区都有独特的文化。西岱岛上的巴黎圣母院古老庄严，肃穆里藏着流传几百年的世俗故事，对岸却是热闹的河内酒吧街；香榭丽舍大街游人如织，两边的奢侈品商店满足着各色人等的物欲，街道的一端是站在转盘中央的凯旋门，它矗立在戴高乐广场中央，十二条宽敞的马路呈发射状向周边扩散，它记载着帝国英烈的故事，另一端是协和广场，它的中央耸立着古文明的丰碑，边上转动着五彩的摩天轮。

巴黎的博物馆林林总总，最著名的当然是卢浮宫，它当仁不让地位居世界四大博物馆之首，始建于13世纪初的卢浮宫，居住过五十任国王和王后，18世纪末正式作为博物馆开放，这里收藏着全世界收集来的价值连城的古典绘画和雕塑，包括大家熟知的《蒙娜丽莎》、断臂维纳斯等。

巴黎歌剧院金碧辉煌，如今已是门可罗雀，遥想数百年前的门庭若市、车水马龙，那些衣着华丽的社会名流趋之若鹜来此欣赏歌剧，北面18区的红磨坊更是高朋满座、夜夜笙歌，华丽的歌曲，艳丽的舞蹈，将夜巴黎的奔放和热情发挥得淋漓尽致。

从红磨坊拾级而上，便是蒙马特高地，洁白的拜占庭式圣心大教堂傲立在山头，山上是纯粹的信仰，山下是世俗的欲念，上下山的过程，便是大部分人的心路历程。蒙马特高地，处处是流浪艺术家，他们脱离世俗，特立独行，从不刻意招揽生意，仿佛和行走的观光客身处两个世界：白胡子的画家戴着贝雷帽叼着雪茄，拿着颜料盒在随意涂抹；瘦瘦高高的中年大叔扎着马尾辫，在专心素描；夕阳照着穿着黑羽绒服的老先生的背影，略显孤单，他面无表情，呆滞地拉着大提琴，而他的指尖流淌出美妙的乐曲，孤独而忧伤，孤傲却华丽，那一刻在周遭形成了特有气场。

拉雪兹神父公墓静静待在20区，这里埋葬着几百年来这个城市的名人，这些曾经显赫一时的社会顶流，仿佛从没有被巴黎忘记，他们只是换了个形式存在。

而在我眼里，塞纳河才是巴黎的魂，碧波荡漾间，如一条璀璨的绿色飘带飘荡在城市中央，隔开了左岸的精致高冷和右岸的世俗烟火。

塞纳河上有着许多桥，形态各异，有的精致华丽，有的朴素近人，有的古老，有的现代，它们横跨两岸，车来车往。

塞纳河里有着各式各样的船，有挤满游客的游船，也有住着人的木船，它们旅居四方，自由自在。

蓝天白云下，埃菲尔铁塔在塞纳河边矗立了几百年，高大灰旧的铁塔冷峻挺拔，它是工业文明的象征，流露着对传统的不屑一顾。

铁塔不远处，是17世纪建成的荣军院，金顶的建筑雄伟庄严，这里埋葬着赫赫有名的拿破仑。

巴黎的郊外，有举世著名的凡尔赛宫，以及皇室打猎的枫丹白露宫，巴黎似乎有着去不完的景点，很少有游客能一次把巴黎逛遍。

而巴黎的地下，轰隆隆地飞驰着十几条地铁，它们纵横交错的网线布局构成了另一个巴黎。自1900年运营以来，地铁成为这个城市最重要的通行工具之一。也正因为运营了一百多年，巴黎的地铁车厢大多数看上去有些破旧，站台标志大多是瓷砖，显得年代感十足，错综复杂的地道黑漆漆的，显得有些邋遢，加上地铁站可以遮风挡雨，便成了许多流浪汉晚上借宿之地。他们无一例外地酗酒，不讲究卫生，甚至随地小便，因此到了夏天，很多巴黎地铁站台会散发难闻的气味。

坐在地铁车厢，晃晃悠悠地穿梭在古老而时尚的城市时，常常有穿越的错觉，地铁站或车厢经常有卖艺的流浪艺人，伴着音乐或歌词，人们闭目养神，听众仿佛忘了将要去向何方，艺人也忘了为何流浪。

在地铁的站台，我常常看到满身疲惫的同胞，这让我想起在雷恩打工的自己，或许他们只是在上下班的时候在地铁穿梭，或许很少在地面的巴黎走走看看，这座城市的浪漫和美好，或许和他们毫无关联。

巴黎的移民众多，印巴人大多住在18区，日韩人喜欢在6区，中国人大部分在13区，阿拉伯人聚集在19和20区，非裔人很多在93省，有段时间我专门跑去13区和温州人聚集的美丽城探访，我开始困惑为什么这么多移民旅居他乡。

不久后，我遇到一个来自浙江青田的同龄小伙子，在咖啡店听了他来法国的特殊经历后，我困惑不已。

当天晚上，我就开始写一个关于移民的故事，名叫“巴黎地下铁”。

写完第一章我就把它发到了BBS论坛。

每天上完课，我就在宿舍码字，跟帖的读者越来越多，经常写到深夜，第二天上课打哈欠。

彼时的留学生经济条件一般，娱乐方式有限，看个电影都要下载半天，因此小说在论坛上人气很旺，吸引了大量跟帖看连载的读者，我连续写了半年，终于写完。

这时也到了毕业时间，2008年6月毕业典礼之后，我便买了机票，彻底离开了旅居6年的法国，回国定居。

意外的惊喜接连不断，2009年《巴黎地下铁》

有幸由百花洲文艺出版社在国内出版。2015年这本小说又在法国出版，不久后，有一位名叫Marion的法国学者在法国友丰书店看到了它，并把它带到了她定居的荷兰，与另一位学者Baldy合作翻译成了荷兰文。两年后，这本书在荷兰出版，我也因此获邀来到了荷兰，在阿姆斯特丹国立图书馆举办了新书发布会，并且和近百名读者交流，随后获邀去了比利时鲁汶大学和中文班的师生见面——他们居然一直在用2009版的小说做课外读物。

因文学而起的欧洲之行，让我回到了离开9年的国家和城市，重走了来时路，在雷恩去看望了杜博瓦家人并和他们相聚；去了FUJI餐厅——可惜正好周六上午，店关着，否则一定进去坐坐，和老板夫妇寒暄一番；在尼斯去看了曾经住过的公寓，在巴黎去了曾经的校园。

在返回上海的飞机上，降落滑行时，我身边年过半百、满脸沧桑的大叔突然喃喃自语，听他说了句“总算到家了”，我便好奇地与他聊了几句，得知多年前他辗转去欧洲，“黑”在意大利，在餐馆打工存钱，好不容易弄到了身份，却又因遭了贼，变得一无所有。二十年后的现在，他的儿子已经成家，国内的生活已今非昔比，家人让他回来，他也想明白了，只是有点感叹，“兜兜转转，吃了那么多苦，又回到了原点”。

我什么都没说，只是惊愕地坐在旁边听着他的讲述，这一切像极了《巴黎地下铁》，难道这是上天冥冥之中的安排吗？

文学和现实，到底哪个是虚幻，哪个是真实？

后记

2022年夏天，我搬到了城外一处安静的角落，家门口有条河，算市井外的一番小天地。从此，无论清晨还是黄昏，黑夜还是黎明，我总不自觉地在河边驻足良久，望着这片河发呆，仿佛与这条河做着交谈，也仿佛是暂时游离于柴米油盐的现实之外。

春夏秋冬，雪雨晴风，每次站在河边，与它对视无语间，心中却有千言万语，仿佛要破解藏在平静里的密码。

我读河，河也在读我，凝视这条河，慢慢融入它平静祥和的气场，虽偶有浑浊，时有风浪，但河有荡涤和自我修复的能力，总能平静如初，渐渐地，我也能放下情绪，直至平静如水，完成情绪的自我修复。

经常是在工作应酬之后，半醉半醒间，对着这条河驻足观望，神志恍惚时不知所云，情绪泛滥时滔滔不绝、忘乎所以，试图描述河千变万化的场景，解读它永远捉摸不透的心语，于是，有了这些梦呓般的文字。

闭门码字的确是磨炼心性的事，上次这么敲键盘的场景还是在巴黎，从少年轻狂到年过不惑，时间一晃而过，仿佛河面浮光掠影的一瞬间。

至于写作，从来没成为所谓的“爱好”，我理解的爱好是指喜欢做的事，过程愉悦并令人享受。写作只是种习惯，码字的过程，并非愉悦和享受，相反，它充满反思和困惑，那解剖内心、厘清情绪的过程甚至是痛苦的。

因旅法期间所作小说陆续出版，常被身边朋友称为“文人”。我每每苦笑辩解，为了碎银几两，早就“为几斗米折断了腰”，一直上下求索，雷厉风行。另一方面，生活是柴米油盐和烟火气，经常要面对“鸡飞狗跳”，和文学的恬淡意境相差甚远。

年过不惑之后，越来越有种危机感，生怕自己失去了思考的能力，脑海中那些片段和情绪，淹没在鸡毛蒜皮的琐事或忙碌的奔波里。便开始时不时写点“小作文”，发在微信朋友圈。不少朋友调侃，“又是这个图片”，“黑乎乎的一片，太阴暗了，太压抑了”，我常自嘲道：“的确，再这样下去，我也要抑郁了。”

玩笑归玩笑，我并没有采纳他们的反馈。

大多数时候，文字并非消费品，它们独立且有生命，它们自由如脱缰的野马，它们不需要崇拜权力，不媚俗，不需要迎合大众的品位，无须取悦任何人，它们只是工具和介质，忠实地记录。

我们处在商品过剩且资讯“爆炸”的时代，传统媒体已过度被商业“绑架”，资讯和内容本身的声音正在减弱，各类广告无孔不入，袭击感官，电视购物和直播带货层出不穷，网上博眼球的文章和碎片化的短视频让人应接不暇，大数据技术的发达被淋漓尽致地用在了精准推送上，我们的视听大多时候被湮没在信息碎片和垃圾中，被煽动诱导着去消磨时间，消费金钱。甚至时常有一些当事人被置身事外的键盘侠言论裹挟，被“网暴”后寻了短见的事件，这是“人言可畏”的网络事故。智能手机的实时推送，让网上的虚拟世界趋于和现实世界同步，时不时要看一下手机，生怕错过什么重要信息，久而久之产生了一种难以名状的焦虑。不断的信息刺激让我们的大脑疲倦，反应渐渐迟钝，情绪逐渐麻木不仁。

和好友曙明交流过后，我卸载了不少App，远离了不断推送的资讯。几年下来，大脑轻松了不少，也并未错过重要信息。旅居新加坡的他时不时和我聊上几句，他说今年看了近100本书，还会继续看下去。

现实世界如此喧嚣，网络世界时而乌烟瘴气，而阅读和写作是安静下来的最佳方式。在文字的世界里，是清奇的安静，清新的淡泊，清醒的沉醉。

四季的轮转，历史的轮回，植物的荣枯，风云的变幻，人情的冷暖，人性的善恶，都生动地呈现在文学的世界里。

阅读是在文字里的一场旅行，写作则是自我求解、寻求精神出路的一次探险。

这些年，唯一能坚持的是，将工作、生活和文学做隔断，彼此不渗透，时刻告诫自己减少应酬，从工作和生活中抽身出来，静下心来，将感悟和情绪的片段记录下来。岁月蹉跎，但内心尚未麻木，仍能触景生情。

这段时间，在家人的支持下，我陆陆续续完成了旧作整理和新作创作，感谢四川人民出版社，愿意签约我的首部散文集，也感谢重大项目部石龙主任和责任编辑彭炜老师，对本书的出版付出了大量努力！尤其要向知名作家、翻译家、北京语言大学博士生导师路文彬教授致敬，感谢他于百忙之中欣然为本书作序！感谢一路走来所有的良师益友，你们的支持和鼓励，也是我坚持创作的动力。

一切皆因缘。

2012年第一次来成都，是受法语联盟之邀到电子科技大学做文化讲座。十几年后作品能在成都出版，也算冥冥中的缘分，既是文学的缘，也是友情的缘，特别感谢“娘家人”黄黎莉女士的引荐。每次到成都，差旅之余总能约上三五朋友畅叙一番，实乃人生幸事。

与成都，还有些佛缘。

那年母亲患疾，手术后情绪悲观低落，全家人都担心她的健康状况，在朋友的推荐下，我便去文殊院走走，散散心。

走进寺庙，只见黄墙黑瓦，古木参天，曲径通幽，香火鼎盛，义工四处可见，毫无商业氛围，青烟袅袅升腾，喃喃的诵经声持续传来，顿时一股强大的气场笼罩了我。带着内心深处的恐慌和迷茫，素来不信宗教的我双腿跪下，双手合十，虔诚地祈求菩萨，能助母亲熬过难关。

母亲手术后恢复良好。因此，每次出差来成都，再忙都会抽空到文殊院烧香还愿，祈求亲友健康多福，逢凶化吉，顺便在银杏下的古道走一走，寻得内心的一份宁静。

成都最打动我的是烟火气。天性乐观的川蜀人，知足，不患得患失，及时行乐，闲适，安逸。大街小巷的小吃琳琅满目，人们在街头树下一坐就能搓起麻将，马路旁叼着香烟的女人也不在少数。市井气息最浓的当数成都街头的茶馆。在冬日的暖阳下，对着围炉，铜壶煮沸后冒起的热气升腾在半空，一边是叫卖小吃的商贩，一边是摇着铃铛、来回穿梭替人掏耳朵的师傅，却毫无违和感。泡上一壶茶，揭开碗盖的刹那，看茉莉花和绿茶在开水中舒展，犹如舞姿优美的少女，喝上一口，芳香在齿间久久回味，那一刻，会感慨竟会有如此闲暇美好的时光。

点点滴滴，成都人将日常的烟火凝练成生活的艺术。

而这部作品，将成为我与这座可爱城市间的纽带，这是我的荣幸。

时光荏苒，这些思维的小片段，权当是岁月给我的赠予。

也期待着，在文字里和您的相遇。

姚中彬

2024年1月于江苏常州